Bienvenue à SEOUL

砂漠が街に入りこんだ日

グカ・ハン

原正人 訳

Le jour où le désert est entré dans la ville

Guka Han

リトルモア

Bienvenue à SEOUL

砂漠が街に入りこんだ日

夢を見た
君と私、私たちが作ったすべてが
燃えてなくなってしまった
私は目を閉じ
君を抱きしめていた
君は言ったね
私たちはあまりに歪んでしまったと

Jowall「街中が燃え尽きる夢」

ルオエス

LUOES

砂漠がどうやって街に入りこんだのか誰も知らない。とにかく、以前その街は砂漠ではなかった。

砂漠はいつやってきたのだろう？

ある者は自分が生まれる前のことだと言った。ある者は川に蜃気楼が現れるようになった後だと言った。別のある者は身寄りが亡くなった後だと言った。実家が崩壊した後だと言う者もいれば、街の一番有名な記念碑が建つ前だと言う者もいた。隣町に甚大な被害をもたらした嵐が通過した後だとする者もいたし、さらに別のある者にとっては放射能の雨が降った後だった。私がこの問いを投げかけると、人は決まって何かの**前**か**後**だと答え、それを聞くたびに私は途方に暮れてしまうのだった。

バスの運転手が乗客たちに窓を閉めてくれと言う。今からもう色褪せた砂粒をはらんだ風が見える気がする。それは遠くのほうできらめく街を覆っている。

＊

私は午前中をベッドの中で過ごしていた。夜の寒さが床に直置きしたマットレスにまだしみ込んでいて、次第に身体の感覚が失われていった。飛行機の形をした雲が窓をよぎった。あるいはペニスの形というべきか。私は特に何をするでもなく、時が雲のように流れるのに任せ、ぼうっとしていた。

寝室の時計を見ると、短針は一時を指していた。その短針が伸び、プラスティック製の風防を突き抜け、少しずつ私に近づいてくるのが見えた。額《ひたい》の間近まで迫ると、針は動きを止めた。私は精一杯顔をしかめてにらみつけた。

私はもうあそこに行くのはやめようと思った。その日も翌日も。もう二度と。ビッグマックセットで一週間の食事をしめくくるような人たちの絶望的な顔なんてこれ以上見たくない。揚げ物くさい仕事を十時間した後にマネージャーから無料のハンバーガーをひとつもらうこともうないだろうし、それに感謝することもないだろう。トイレの便器をジャヴェル水（漂白・殺菌用の次亜鉛素酸ナトリウムの水溶液。かつてパリ南西郊外にあった洗濯場の多かった村の名前にちなむ）で掃除すると、数日間は肌がヒリヒリしたものだが、それももうないだろう。そういったことはもうしないし、その他のことだってするもんか。私は短針に向け、時計に戻れ、もう私のことは放っておいてくれとお祈りの言葉を唱えた。

カチッ！

文字盤を見ると、針がほんのひと目盛だけ進んだ。私の勝ちだった。

寝室の隅には、すっかり枯れてしまった大きな花束がずいぶん前から置きっぱなしになっていた。バラにユリにアジサイ、ヒマワリまである。それは母が卒業祝いにくれたものだった。母は私のことを誇りに思っていた。私が成し遂げたことを。その日撮影した写真に写った母は幸せそうに満面の笑みを浮かべている。一方、横に並んだ私は巨大な花束の後ろに身を隠そうとしている。

私は身の回りの必要なものを全部カバンに詰め込んだ。本棚に山と積まれた本に目をやったが、一冊も手に取らなかった。花束を抱えて外に出ると、私はそれを最初に見つけたゴミ箱に放り投げた。

＊

まもなくルオエスです。

車内放送が流れてきて、小さなスピーカーから聞こえていた音質の悪いクラシック音楽と重なる。バスがルオエスに到着した。バスターミナルは複数の巨大な掩蔽壕《えんぺいごう》がくっつき合ってできた集合体を思わせる。乗客を出迎えに来ている人はひとりも見当たらない。バスはまだ動いているにもかかわらず、乗客たちがドアの前に並び始める。こんなに多くの人が乗っていたとは気づかなかった。道中は奇妙な静けさに包まれていて、まるで運転手と私しかいないような気がしていた。奇妙な、息の詰まるような静けさ。生から死への旅路をバスで行くなら、きっとこの旅によく似たものだろう。単調な風景が次々と流れていき、道路はまったく凹凸がなく、振動ひとつしない。バスは予定と寸分違わぬルートを辿り、車内では騒音はおろか、ささやき声すら聞こえない。

荷物をまとめようとしていると、突然、何か重要なものを失くしたような気持ちに襲われるが、それが何なのかはっきりとはわからない。カバンの開け閉めを繰り返し、ポケットというポケットを手探りし、座席の下や網棚の上に目をやってみるが、何の解決にもならない。バスの前方で仁王立ちになった運転手が私に苛立たしげなまなざしを投げかける。他の乗客たちはみな、とっくに降りてしまっていた。私はようやくバスの外に出るが、何かを置いてきてしまったという感覚をどうしても払拭することができない。

ターミナルに沿って、かすかな光を帯びた無人のバスがいくつも列をなしている。急にコンクリートの冷気に襲われる。壁を見ると、半分消えかかった文字で地下三階と記されている。エレベーターがどこにも見当たらないので、非常階段をのぼることにする。むっとした匂いが立ち込めるその場所に、私の足音が次第に大きく響きわたっていく。

駅のコンコースでは、乗客たちが等間隔に設置されたテレビのスクリーンに釘づけになっている。ニュースを見ている者もいれば、アメリカのドラマを見ている者も、クリケットや野球の試合を見ている者もいる。どのテレビも音量が最大になっていて、すさまじい喧騒の中で聞こえるものといえば、叫び声と意味不明なセリフの断片ばかり。私はある動物ドキュメンタリーの前で立ち止まる。スクリーンに登場する動物たちと彼らが置かれた環境にははっきりとした類似がある。イグアナの肌は彼らが寝そべっている岩場と同じようにゴツゴツしているし、ナナフシは木の枝に見事に溶け込み、ヒキガエルは泥の中に身を隠し、タツノオトシゴは海底で彼らを取り囲む植物相ともはや見分けがつかない。私のまわりでは乗客たちが映像に見入っている。私は彼らをひとりずつ観察し、彼らと環境の、すなわちルオエスとの類似について考えをまとめようとするが、誰がルオエスの住人なのか知る術もない。誰もが生気のない顔をし、目はうつろで、ほとんど身振りもせず、たまにしたとしても、実にそっけない。そこから何かを推測することは不可能である。

天井にはポツンと電球が灯っていて、その青みがかった明かりのせいで何とも言えない気持ちになる。以前、いつまでも切れることのない電球の話を聞いたことがあった。電球の製造業者たちがありとあらゆる手を使ってその商品化を阻んでいるため、その電球はこの世にひとつしか存在しないらしい。それがどこかに紛れて、百年間灯り続けているのだという。たしかに普通の電球は寿命が限られているから、それなら定期的に買い替えてもらえるというわけだ。

しばらくその電球を見つめる。なぜだかよくわからないが、電球が切れてしまうようなことがあれば悲しいだろうなと心の中で思う。

次第に息苦しさが増していく。もう何時間も新鮮な空気を吸い込んでいなかった。でも、出口はどこなのだろう？　テレビが吐き出す音の洪水をやり過ごし、乗客やベンチ、広告看板や温かい飲み物の自動販売機を避けながら、コンコースの端から端まで歩いてみるが、メトロの駅やショッピングセンター、会社のオフィスへと通じる通路しか見当たらない。そもそもこうしたもの全部から抜け出すための出口は存在するのだろうか？

＊

結局、私はメトロに乗ることにする。ホームに辿りつくためにいくつものエスカレーターを乗り継がなければならない。ホームに並ぶ乗客たちの姿は、チェスの駒に似ている。彼らはやってくるなり、前の人の後ろに整然と並ぶ。列車が到着すると、人の波が見事に吸い込まれていく。私は全体の動きに従い、身を委ねるように車内に運ばれる。数秒後には音もなく発車する。窓の向こう側にはコンクリート製の内壁が一定のリズムで流れていく。乗客たちはほとんど全員こうべを垂れ、携帯電話の画面をのぞき込んでいる。その明かりがかすかに彼らの顔を照らしている。

次の駅で、ある男が用心深そうに列車に乗り込んでくるのが見える。男は黒いビニール袋を傷つきやすい動物ででもあるかのように抱きかかえている。周囲の人たちの顔をゆっくりと見回してから、彼はしゃがれた声で誰に向けるともなく挨拶をする。一瞬、二、三人が顔を上げるが、返事をすることはない。男はメトロが出発するのを待って話し始める。

「きっと過去にも今日のような日はあったのでしょうな。ここにいる皆さんは実にすばらしい方々で、一方の私は憐れな野郎だ。そいつはよおく存じ上げています。ですがね、私はここにいるのが好きなんだ。あなた方と一緒にこのメトロの中にいることが。ここで耳を澄ますと、波の音を聞いてる気分になるんです。実を言えば、海になんて行ったことはないんですがね。列車の揺れに合わせてこうしてあっちこっちと体を揺すっていると、まるで波に揺られているような気分になるんです」

話しながら、男は右から左へ、左から右へと重心を移し、体を揺らしている。

「銀色の大きな波……。どうです、きれいでしょう？　実は今日、いいものをお持ちしたんです。とっても貴重なものです……。ご覧になりたいでしょう？」

男の声だけが列車中に響きわたる。私はそれが何なのか知りたいが、何も言わずにいる。他の乗客たちは微動だにしない。男はこれ以上ない慎重さでビニール袋を開くと、封筒の束を取り出し、独白を続ける。

「ほら、こいつです……。私のきれいな封筒……。見えますか？　こいつはただの封筒じゃない。翡翠のように真っ白な封筒だ。白翡翠のようにね」

目を凝らしてその封筒を見てみるが、どこが特別なのかよくわからない。

「このきれいな封筒を破格のお値段で皆さんにお譲りしましょう。私は憐れな野郎かもしれないが、真っ当な人間でもある。皆さんにこのまたとない機会をご提供したい。ご覧ください。ほら、この封筒を。きれいな封筒でしょう。白翡翠のようにきれいな封筒です」

乗客たちはあいかわらず身動きひとつせず、こうべを垂れ、携帯の画面に見入っている。男はそのひとりひとりに淀んだ目を向けていく。しばらくの間、彼は黙っている。それから、座っているひとりの老人に目をとめる。本を手にしている唯一の乗客である。

「すいません、だんな。何を読んでらっしゃるんで？」

老人は反応せず、本から目を離さずにいる。

「なんと、聖書を読んでらっしゃる！　私も一度読んでみようとしたことがあったっけ。でも、最後まで読み切れなかった。一文読むたびに泣き出しちまうんです……。感極まったのか、あるいは怖かったのか。だんな、この封筒を見てください。白翡翠みたいにきれいじゃありませんか？」

老人は首を振るにとどめる。

「だんな、きっといつかこいつが必要になる日が来るはずだ。愛する人たちにいい知らせを、そうでない連中には悪い知らせを送るために。こいつのような封筒なら、長持ちすること間違いなし。なんなら永遠に使うことだってできまさぁ」

老人はこうべを垂れたまま、眉をひそめ始める。男も老人に封筒を売れないことは理解したようだが、その場を離れようとしない。

すると突然、男は老人に有無を言わさぬ様子で封筒を押しつける。老人は封筒を押し返そうとするが、男は食いさがる。冷めた攻撃的な調子で、封筒の男は老人に金は要らないと言う。老人はピシャリと聖書を閉じると、ドアのほうに向かう。彼は次の駅で列車を降りる。

封筒の男は途方に暮れ、その目はうるみ始める。鼻先から垂れた黄色がかった鼻水をぬぐう拍子に、彼は手に持っていた封筒をすべて床に落としてしまう。封筒はまるで液体ででもあるかのように床に広がっていく。男はうずくまり、垢だらけの汚い指先で封筒をひとつずつつまむ。

まさにそのとき、ふたりの警備員が列車に乗り込んでくる。彼らは封筒の男のほうに向かうと、男をホームに降ろそうとするが、男はわめき声をあげて抵抗する。周囲の乗客たちが初めて顔を上げる。封筒の男は警備員たちに両手を後ろに締め上げられる格好で、とうとう車両から引きずり出される。しばらくして、車内に設置されたスピーカーから運転手の声が聞こえてくる。捕り物が終わったのかを問う内容である。警備員たちは列車の先頭に向かって手で合図をする。封筒の男は彼らのすぐ横で両手をだらんとさせている。ドアが閉まり、メトロが出発すると、乗客たちは再び画面に顔をうずめる。

次の駅に到着すると、新しい乗客たちが列車に乗り込んでくる。彼らは床に散らばった封筒に気づかず、それらを踏みつけてしまう。白い封筒の上に靴の跡が幾重にも重なっていく。いくつか後の駅で下車するときに、私はサッと身をかがめて、封筒をひとつ拾い上げる。

＊

外に出ると、ルオエスのガラス張りの高層ビルが見渡す限り広がっている。ずいぶん前のことになるが、砂はガラスを作るための主な成分のひとつだと教わった。どうして黄金色をした小さな粒があんなにツルツルした透明なものに変わるのか、未だにさっぱりわからない。あるビルに近づいてみると、それを覆っているガラスは不透明で中を透かして見ることはできない。内側からは私を見ることができるのだろうか。ことによると、この厚いガラスの向こう側には誰もいないのかもしれない。ガラスはとても堅固で、そこに映った暗くどんよりした私の姿は、どこか奇妙に見える。

　車道では車の列がゆっくりと進み、耳をつんざくようなクラクションが方々から聞こえる。スクーターやモビレット（フランスのモトベカン社が一九四九年から一九九七年にかけて販売していた原動機付き自転車）が危険を顧みず、車の間を縫うように進んでいる。バイク乗りたちはヘルメットの庇《ひさし》を下げ、どの車も窓をしっかり閉ざしている。

　乱立するビルのせいで、くすんだ白色の細長い空がわずかに見えるばかり。通りに吹きすさぶ風は砂の匂いをはらんでいる。目がチクチクし始め、視界が乱れる。周囲を見回すと、通りを行きかう人々はたいていマスクをし、サングラスをかけている。私は何人かに近づき、道を尋ねるが、彼らは私に注意を払おうとせず、私を無視して行ってしまう。まるで私がルールを知らないゲームに興じてでもいるかのように。

＊

よそから来た人かい？

いつの間にかひとりの男が私のすぐそばにいた。一瞬躊躇してから、私は男に砂漠を探しているのだとだけ伝える。彼は悲しげな目で私を数秒見つめてから、ゆっくりと手を上げ、いくつかの方向を指さす。

「そこだろ……。それからそっち……。その辺にごろごろしてるよ」

男はそれ以上付け加えることなく、曖昧な笑みを唇に浮かべて去っていく。私は彼が指さした方向を見つめ、もう一度目を細めてみるが、乱立するビルと終わることのない車の列以外には何も見えない。

風が次第に強くなっていく。喉がイガイガし、耳鳴りがするが、とにかく前に向かってまっすぐ歩いていく。風の音とクラクションに、店から流れてくるあらゆる種類の音楽が加わる。それはキンキン響く流行歌で、誰もう耳を傾けていないように思える。はるか遠くからは人を脅かす轟音のようなものが聞こえる。しばらくして、なじみのある看板を見つける。私は思わずそれに向かって進んでいく。

＊

カウンターの女性店員がかぶっている大きな赤い帽子にはハッピー・ミールという黄色い文字が縫いつけられている。彼女は私に注文をどうするかそっけなく訊ねる。数秒もすると、私は彼女を知っている気がしてくる。表情の乏しい顔、目は充血して、フライヤーの熱のせいで耳が真っ赤になっている……。注文をしながら、ここで働く自分の姿を想像する。私が働いていたのとほとんど同じマクドナルド。代わり映えのしない同僚たちにまったく同じ制服。目の前のトレーに機械的に商品が積まれていく。店員はトレーを私のほうに押し出すと、キッチンに戻っていく。

私は隅の席に座りハンバーガーにかぶりつく。汁気のないビーフパティとしなびた野菜、味のしないソースまみれのパンが口の中で混じり合う。この食べ物を食べ、この場所の匂いを嗅ぐと、たちまち私の街のことが思い出され、ある種のノスタルジーが沸き起こる。隣の席に座っている客たちは通りですれ違った無関心な通行人たちとはまるで違う。この客たちは昔なじみの友人たちと同じくらい、私には近しい存在だ。トレーに身を乗り出し、彼らはビッグマックをひと口またひと口、それからケチャップまみれのポテトをいくつか入念に噛み、やかましい音をたてながら、ストローでソーダを飲む。ルオエスに着いて初めて私は安堵を覚える。隣の客たちと同じように、私も目の前の食べ物を熱心にかき込む。

食べ終わると、私はトレーを脇によけ、メトロで拾った封筒を取り出す。まっさらな紙に靴の跡がいくつもついている。紙ナプキンで汚れを落とそうとしてみるが、跡は封筒に染みついてしまっていた。私は手紙を書かなければと思いたつが、あいにく紙はない。あるのは使い古したボールペンだけ。どっちにしろ、私には特別書きたい内容もなければ、書く相手もいないのだ。封筒をしばらく眺め、それから私自身の住所を書きつける。それがただひとつそらで覚えている住所だった。手紙は家で私の帰りを待っていてくれることだろう。帰宅したら、それはルオエスのいい思い出になるはずだ。空っぽの思い出に。

＊

お腹が満たされたせいか、街はついさっきより威嚇的でなくなった気がする。マクドナルドを出ると、私は他の人たちと同じように、彼らのリズムに合わせて歩こうとする。止まることなく足を交互に出し、腕をすばやく等間隔に振ればいいだけの話だ。左足の動きに合わせて右手を動かし、右足の動きに合わせて左手を動かし、それを繰り返す。左足、右手、右足、左手……。より速く。まるで何か緊急事がこの街で私のことをも待ち構えているかのように。だが、突然、叫び声があがり、私はその場に固まってしまう。車道にモビレットがひっくり返り、その横に男が倒れている。私は野次馬の群れに加わる。男の身体が震えている。

男を轢いた運転手がいらついた様子で車から降りてくる。交通は完全に遮断され、クラクションが次々に鳴り響く。スクーターやモビレットだけが、車道にできた人だかりをうまくかわしながら移動していく。それらが慎重に、とはいえ止まることなく進んでいく中で、ひとりだけ慌ててモビレットを降りる者がいる。地面に倒れている男と同じ配達員の制服を着ている。ヘルメットを脱ぐと、彼は同僚の近くにひざまずき、肩を揺する。いろいろ言葉をかけているのだが、私にはそのセリフが聞こえない。倒れている男のほうはかすかに目を開き、唇を動かそうとする。同僚が男の耳の後ろにティッシュペーパーをまとめてあてがう。そこから一筋の血が流れていて、ティッシュは数秒で真っ赤に染まってしまう。やがて男の身体の震えが収まる。まるでもう自分は事故とは無関係だと言っているかのように。同僚は狂ったように男を再び揺するが、男は身動きひとつしない。彼は身をかがめ、男の耳元に何か語りかけると、立ち上がり、自分のモビレットに戻っていく。ヘルメットをかぶると、動かなくなった同僚の身体をしばらく見つめ、それからすさまじい勢いで去っていく。

この目で見たことがどうしても信じられない。まるで映画の中にでもいる気分だ。歩道も車もビルも、すべてが突然奇妙なものに感じられる。私は野次馬の集団から離れ、再び歩き始めると、ついさっきのようにリズムを取ろうとする。左足、右手、右足、左手……。遠くのほうで救急車のサイレンが聞こえる。事故が原因で起きた渋滞のせいで、おそらく近づくことができないのだろう。地面に横たわっていた男と彼の横にできた血だまりを再び頭の中に思い描いてみる。その赤さは映画で見る以上でも以下でもなかった。あの男はまだ生きているのだろうか。もし生き残ることができたら、男は配達員の仕事に戻り、ピザだかチキンウィングだかを時間通り届けるためにまた車の間を縫ってジグザグ運転をするのだろう。おそらくまた事故が起きるだろうし、ことによると次は今日以上に深刻なことになるかもしれない。命があることは必ずしも最高の解決策とは言えない。

＊

ところで、砂漠はどこにあるのだろう？　どこかに紛れているのだろうか？　そもそも本当に存在しているのだろうか？

私は疲れているにもかかわらず、さらに歩みを進める。マクドナルドで飲んだソーダが膀胱を圧迫し、もう喉が渇いている。

ドアも窓もない背の高い灰色の壁に沿って延々と歩いていくと、病院の入口に辿り着く。内側を見ると、患者たちが小さな中庭でタバコを吸ったり、散歩道をぶらついたりしている。車椅子に乗っている者もいれば、松葉杖をついている者も、点滴スタンドにぼんやりと手をかけている者もいる。彼らの視線はどこか淀んでいる。病院の敷地に足を踏み入れた瞬間、彼らのほとんどがこちらを向き、警戒心をむき出しにして私をじろじろと眺める。ことによると、私が彼らのような病人でないことが恨めしいのかもしれない。私は中庭を通り抜け、いかにも気がかりなことがあるという風を装いながら、大股で中心にある建物に向かう。トイレはどこにも見つからない。受付のふたりはずっとこうべを垂れたままである。目立たないように、私は勢いよくスタスタと進み、エレベーターに飛び乗る。金属製の手すりに触れると、膀胱がひと際ひきつる。

適当にボタンを押してみる。数秒してエレベーターのドアが開き、ガランとして床がツルツルの、蛍光灯に照らされた長い廊下が目の前に現れる。両脇には番号が振られた部屋が並び、その奥のほうにトイレを示す看板が見える。私はできる限り静かに廊下を進む。ズラリと並んだ部屋のドアはどれもかすかに開いているが、テレビの音しか聞こえてこない。用を足すと、私は水道から数口水を飲み、顔に水を振りかける。だが、冷たい水も、風と砂にあてられた私の頬の火照りをわずかにしか和らげることができない。

トイレから出ると、数メートル先に患者衣姿の女性がひとり壁によりかかっているのが見える。私が通り過ぎると、彼女はパッと飛び上がり、驚いた様子で私を見つめる。彼女が手にしていたプラスティック製のコップの中身がこぼれ、床に広がる。透明なジェルのようなものである。びっくりさせてしまったことを詫びる暇もなく、彼女は四つん這いになり、両手の間に広がるジェルを寄せ集め、そこに顔を突っ込んだかと思うと、舐め始める。彼女のピンク色の舌が、まるでミルクを舐める猫のように、ジェルの表面をすばやく動くのが見える。やがて唇を床に押しつけると、彼女は音を立ててジェルを吸い始める。その様子を唖然として見つめている私をよそに、吸い終わると、彼女はすっくと立ち上がる。床はすっかりきれいになっている。私のことなどお構いなしに、彼女は向きを変えると、壁に備えつけられたジェルのディスペンサーのところに向かい、器用にボタンを押す。やがてコップはこぼれんばかりになる。彼女はコップをゆっくり持ち上げると、唇に近づけ、中身を一気に飲み干してしまう。それから彼女は再びコップを満たし、こちらに振り返ると、私にコップを差し出すのだった。

蠟のような色をした、アルコールのせいですっかり荒れてしまった彼女の顔を見つめる。その目は凶暴な野獣のようにギラギラしている。彼女はひと言も発することなくどうしたらいいかを教えてくれる。コップを口に運び、口を少し開いて頭をのけぞらせるのだ。ジェルの匂いに思わずぼうっとなる。突然、エレベーターから音が聞こえてくる。彼女は私の手にコップを滑り込ませると、自分の部屋に消えてしまう。看護師が薬や注射器をたくさん載せたワゴンを押しながらエレベーターから現れる。私は思わずコップの中身をひと息で飲み込む。看護師が私をうさん臭そうに見つめる。いったいどうして私がここにいるのか、その理由を問いただそうか躊躇している様子である。私はうつむいて、エレベーターへと急ぐ。エレベーターに乗り込み、ドアが閉まると、私はコップを隅に置く。ジェルがゆっくりと私の喉を滑り落ちていく。

＊

砂漠……。

ことによるとそれは既にここ、この街の中心に、そのなんてことはない金網の向こうにあるのかもしれない。私はそれが周囲の喧騒の真ん中でこっそり蛇のように這うのを凝視する。砂丘がいくつか見える。他よりもほんの少しだけ大きな砂丘が、沈みゆく太陽の光を浴びてきらめいている。

砂に足が取られる。なかなか前に進めないが、足の下で砂が崩れていくのを感じるのは楽しい。どうにか二十メートルほど進むと、地面に倒れ込み、仰向けになる。砂の熱となめらかさが私の気を鎮めてくれる。空にはまだいくらか光が残っていて、雲がいくつかよぎっていく。そのひとつは飛行機の形をしている。あるいはペニスの形というべきか。綿毛のようなものに覆われ、縁が輝いているピンク色のペニス。

男性の野太い声が私を眠りから引き離す。

「おい、あんた!」

私はまぶたを動かすことなく、眉をひそめる。目を覚ます気にはまったくならない。

今はまだ。

「おい、目を覚ませ。こんなところで寝ちゃダメだ！」

肩を揺すられ、私は少し目を開く。朝だ。砂は冷たく湿っている。スコップを持った労働者たちが何人か不安げな顔をして私を取り囲んでいる。

雪

NEIGE

目を開ける。今まさに一日が始まろうとしているのに、昨晩の夢と昨日の出来事がまだ私を包んでいて、自分をゼロに戻すことができない。頭の中がこんがらがってしまっている。目覚ましはまだ鳴っていない。布団の下で縮こまったまま、携帯に手を伸ばす。たちまち部屋の寒さが腕に刺さる。時計の文字盤を見て、伸びをして疲れを追い払おうとするが、うまくいかない。なんで目が覚めたのだろう。いつにも増して部屋は寒く、これからやってくる一日と向き合う心の整理がまだつかない。私は再び身を縮め、ベッドの中にかすかに残ったぬくもりをじっくりと噛みしめる。

もう一度携帯を見る。画面の明かりに思わず目がくらむが、数秒で慣れる。画面に触れ、今日のお知らせをスクロールして眺める。ある知り合いが猫の言葉に興味を持っている。別の知り合いは政治家に対する嫌悪感を表明している。モスクワの空港で足止めをくらっている人がいる。あるセレブが癌で死んだ。「最大650の家賃で」物件探しをしている人がいる。子どもがキンダーサプライズのおもちゃをのどに詰まらせた。友人がキノコ入りの麺を食べた。別の友人がある本の一節に感銘を受けた。情報の洪水の中で、一枚の写真に目が留まる。彼女だ。軽やかなドレスを身にまとい、レンズなのか写真を撮っている人なのかじっと見つめ、微笑んでいる。夏の光を浴びて額が輝いている。とてもいい写真だ。ドレスをまとい、光を浴びている彼女は美しい。

親指をかすかに動かし、再び画面をスクロールする。あれやこれやのエピソードや宣伝、写真が続き、突然再び彼女が現れる。その新しい写真に写った彼女は、私が大学時代に仲良くしていた女の子とポーズを取っている。私は考えなしに写真を指でタップする。

「…」

点が三つ。テキストはそれだけ。十六人がこの写真にいいね！ をして、十二人がコメントをつけている。私はあるコメントを読み、もうひとつ別のコメントを読んで、突然、彼女が死んだことを知る。

＊

その夏、私はある小さなレストランでウェイトレスとして働いていた。時折、客たちからヴァカンスのあいだどこかに出かけるのかと訊かれた。私は肩をすくめてみせるだけだった。そもそもそれは私に向けられた質問ではなかった。どちらかといえば、彼ら自身の計画を私に話すための口実だったのだ。八月になって、店が毎年恒例の休暇に入れば、特にこれといってすることもない。どこかに出かけるだけのお金もなかったし、そもそも私はこの新しい国にようやく慣れてきたところだった。私は客たちが自分の旅行について話すのに辛抱強く耳を傾けては、うなずくのだった。

レストランの主人は二十年ほど前にこの地に落ち着いた。もともとは映画の勉強をするためにやってきたのだが、店を始めて早十年近くが経っていた。店の壁にはヌーヴェルヴァーグのポスターがいくつも掛けられていたが、店の雰囲気とはあまり合っていなかった。一度か二度映画の話をしたことがあって、店主は、開業してから映画をほとんど見なくなったと言った。そのことを後悔している様子はなかった。彼の人生にはもう映画の居場所がなくなったというだけのことなのだろう。

私もかつて映画の勉強をしていたが、そのことは一度も彼には言わなかった。彼の道のりと私の道のりを比較してほしくなかったのだ。日銭を稼ぐためにいつか自分の計画を諦めなければならないのだと考えるたびに、私は嫌な気持ちになった。だからといって、店主のことが嫌いということではなかった。彼は定期的に頭を剃り上げていて、にっこり笑うと顔の形がまん丸になった。彼はしばしば客たちと冗談を言い合い、心の底から楽しそうに笑った。

私の国の料理を出す店で、私と同じようにその国を去った人間のもとで働くと思うと、どこか居心地が悪かったが、そのことはあまり考えないようにした。仕事に集中し、日銭を稼ぐことは重要だと自分に言い聞かせた。

私はまた週に数回語学学校に通っていた。この国の言葉をよりよく話したいと思ったことは特にないが、学生の身分でいることで滞在許可証が容易に手に入った。同級生たちの大半は目的を持ってこの国にやってきて、やる気に満ち溢れていた。この国にやってきた理由を問われると、私も何か答えないわけにはいかなかった。明確な目的があったわけではない。私がここに来たのは義務から逃れるためで、私がなりたくもない人物にならずに済むようにするためだった。私の国では逃亡者扱いだったが、この国では私はただの外国人だった。私にしてみれば、どちらのレッテルもしっくりこなかった。いずれにせよ、ここでは誰かの押しつけや意志に従う必要はなかった。実際、私はここでそれまでにはない自由を満喫していたが、この自由には何か痛みのようなものがついて回った。

語学学校ではしばしば教師たちがとりわけ熱心な学生たちをからかったものだった。学生たちがひとりまたひとりとこの国の美しさやこの国の言語の調和のとれた響きにうっとりした様子を示す。するとそのたびに、結局、君たちにはこの言語もこの国のこともわかりはしないのだと言わんばかりに、教師たちは慇懃無礼な笑みを浮かべるのだった。この陰険な笑みを目にするたびに、私はこの言語に吐き気を覚えたが、それでも私は彼らの動きを真似し続けた。彼らは私たちに最高の発音を聴かせようと、必死に口を動かすのだった。

学期が始まったばかりの頃、彼らの大半が私の名前に戸惑った。中には殊勝にも正確にはどう発音するのか訊いてくる教師もいた。私はすべての音節を長引かせながら自分の名前を注意深く発音してみせたが、適切に発音できた教師はただのひとりもいなかった。自分の名前を何度も何度も発音するうちに、時には名前が私からはがれてしまうような気がした。まるで私の名前がもはや何の意味もなさず、私の人格とは一切関係のないただの音になってしまったようだった。

レストランにも学校にも行かないとき、私はたいてい自分の部屋にいた。本を開き、数ページめくってはみるのだが、すぐに居眠りしてしまった。どうしたわけか、いつも空腹だった。私は常に食べ物のことを考えていた。レストランで働くようになってからというもの、好んで自分の狭いワンルームでは食事をしないようにした。食べるものといえば、匂いのしない加熱せずに済むものだけだった。パンや大量生産のチーズ、アボカドやリンゴやニンジン、チョコレートやビスケット。何か温かいものが欲しくなると、お茶やお湯を飲んだ。しかし、こうした食事のせいで、私は次第に満たされぬ思いを募らせていった。これらの冷めた匂いのしないものを嚙み、飲み込んでいるときに思い浮かべていたのは温かくもっと味のはっきりした食事で、この矛盾に悲しくなった。

こうした平凡な日常が永遠に続くのだと思った。ところがそんなある日、私は彼女からメッセージを受け取った。近々こちらに滞在したいから、その機会に会わないかという提案だった。彼女からメッセージをもらったのは私が引っ越して以来だった。そのとき彼女は外国での暮らしに気をつけて、頑張ってねと言ってくれたのだが、私はそのメッセージに返事をしていなかった。今回もずいぶんためらい、何度もメッセージを書き直しては下書き保存を繰り返した末に、とうとう私の部屋の近くにあるカフェで会う約束をした。

その日、夕日はなかなか地平線に沈もうとせず、通行人たちの後ろには長い真っ赤な影が伸びていた。カフェのテラス席では、私が働いているレストランとまったく同じ光景が見られた。客たちがいかにも楽しそうに、どこそこの海辺、どこそこの山、どこそこの人里離れた森といった具合に旅の目的地をあげて盛り上がっていた。彼らの話し声が引き起こすさざ波には弾けるような笑い声や共犯関係の仕草がちりばめられていた。あけすけな活気が見ていてつらかった。この人たちは芝居で本人役を演じている役者なのではないかという気がした。

私は立て続けに何本ものタバコを吸った。落ち着かなかった。一日中この瞬間のことを考えていて、他の何事にも集中できなかった。この再会もこの暑さも私がこの街に、つまり外国にいることとも、どれも非現実的に思えた。過去を置き去りにしてきたつもりだったのに、それが不意に再び現れたようだった。生まれ故郷や母校の大学、旧友たち、夏になると私が住んでいた地域に立ち込めた匂い、そして一年のこの時期になるとしばしば私の胸を締めつけた憂鬱な気持ち。すべてが彼女とともに戻ってきたのだ。

通りの端に大きなリュックを背負った彼女が現れた。私は立ち上がり、手で合図をしたが、彼女はすぐには私に気づかなかった。その髪は夕日を浴びてきらきらと輝いていた。ようやく私を認めると、彼女は自然に、まるで前日に会ったばかりであるかのように微笑んだ。私が返した微笑みはどんなものだったただろう。

＊

大学時代、私たちはいくつか同じ講義を受けていたが、ふたりのあいだの関係はそれ以上のものではなかった。彼女はみんなと仲良くしていたようだったが、私はどちらかといえば、距離を置いていた。廊下ですれ違ったり、飲み会の席で会っても、挨拶をする程度だった。

しかし、一度だけ私たちは冬に大学の地下にある映像編集室でふたりっきりでひと晩を過ごしたことがあった。それは寒々しい白い壁に囲まれた、見るからに不吉なじめじめした部屋だった。この場所にまつわるバカげた噂が広まっていた。天井の片隅に幽霊が潜んでいるというのだ。ドアがひとりでに開閉するのを見たという学生もいれば、この地下の空間が編集中のビデオに影響を及ぼし、いくつかの映像に白いシミのようなものが見えると主張する学生もいた。もちろんこの話を本気にする者はいなかったが、だからといって誰しも無関心だったわけでもなかったと思う。

当時、私は結婚式のビデオ撮影をしていた。カメラを肩にかつぎ、何時間も立ちっぱなしで退屈な式を我慢しなければならなかったが、割のいい仕事だったのだ。周囲では人々が歌い、笑い、時には感情を爆発させて泣いていたが、私はといえば、とにかくカメラが揺れないように必死の努力をしていた。式のあいだしかめっ面をしていたのは、たぶん私ひとりだけだったと思う。

冬のその晩、私は前の週末に撮影したビデオを編集していた。その日は丸一日異常な寒さで、他の学生たちは皆とっくに帰宅していた。編集作業の〆切が翌日の朝でなければ、私も残ってはいなかっただろう。画面の中では若い新郎新婦がシックなドレスとタキシードを身にまとい、絶えず笑顔を振りまいていた。彼らは私とはまったく違う世界に生きているようだった。

不意にわけもなくパソコンの電源が落ち、もう一度起動し直すと、それまでにしていた仕事が消えてしまっていた。そのとき、私は自分がどれほど疲れきっていたのかようやく気づいた。編集作業に集中するあまり我を忘れて仕事に励んでいたのだが、今や私のエネルギーはすっかり空っぽになってしまっていた。もう何も考えることができず、私は椅子に座ったままクルクルと回った。周囲の壁やさまざまな色が渦を巻き、互いに混ざり始めた。しばらくしてドアが開く音が聞こえたが、椅子に乗ってクルクル回っていたせいで、私はドアを見ることができなかった。どうにか止まったときには、ドアは再び閉まっていた。ドアのところまで行って開けてみたが、誰もいない。突如として部屋はいつもより静かに、白い壁はいつもより白く思えた。みんなが話していた噂を思い出し、帰宅したほうがよさそうだと思った。ちょうどそのとき、誰かがドアをノックした。誰なのか尋ねてみたが、返事はない。しばらくためらった後、私はドアを少し開けて、息をひそめた。

彼女だった。ティーカップを両手に持った彼女の顔を湯気が覆っていた。片方のカップを私に差し出すと、彼女は別のパソコンの前に座った。カップのぬくもりが恐怖を追い払ってくれた。こんなに簡単に怯えてしまったことが恥ずかしかった。私は自分の席に戻ると、ちびちびと紅茶を飲んだ。オレンジの香りがした。

私は横目で彼女のパソコンのモニターを見た。さまざまな映像が現れては消えていった。引き出しの隙間から溢れ出る植物や逆光を浴びた木の葉、波打つ水面、地面に落ちた松ぼっくり、もつれた電線、夕焼け空……。

私たちは映像編集室のそれぞれのパソコンの前で夜を明かした。紅茶をもう二杯飲み、ビスケットを一箱食べ、タバコを何本か吸った。彼女は私より早く仕事を終えたが、私を待っていてくれた。夜が明けて部屋を出たときには、私たちはへとへとになっていた。

屋外に出ると、真っ白な光景が私の目に飛び込んできた。地面も空も木も車も街灯も電線もベンチも掲示板も、何から何まで真っ白だった。物音までも、さらには沈黙もまた真っ白だった。私たちはしばらく言葉もなく立ちつくし、それから降りたての雪の上を注意深く歩いた。雪は私たちの足下で柔らかな音を立てた。数メートル進み、目と目を交わすと、私たちは雪合戦を始めた。雪玉が私たちのコートやズボンや顔にぶつかるにつれて、私たちは少しずつこの白い風景に溶けていった。耳に聞こえるものと言えば、雪にかき消された私たちの笑い声だけだった。

＊

彼女は私のテーブルに近づき、確信をもって私の名前を呼んだ。彼女の声とアクセントがなつかしかった。私は自分の名前が正確に発音されるのを聞いて、かすかな驚きを覚えた。

私の口からはどんな言葉も出てこようとしなかった。顔の筋肉がひきつってしまっていたのだが、彼女は何も気づいていないようだった。私の当惑はビールを数杯飲むと消えてなくなった。私たちは大学の本部棟の校庭に住んでいたウサギのことを話した。私の記憶では、私の女友だちのひとりがそのウサギを森で見つけたのだが、彼女によれば、それはある男子が大学に連れてきたものだった。誰かが名前をつけていた気がするが、私たちはただ「ウサギ」と呼んでいた。やってきたばかりの頃、ウサギはまだとても小さくて、誰もがかわいがっていた。そうして学生たちがあげたものを全部食べた結果、ウサギはすっかり太ってしまった。小さな叫び声をあげながら学生たちのほうに全力で駆け寄り、時には学生たちの靴におしっこをかけたものだった。ウサギが死ぬと、何人かの学生が校庭の隅に小さなお墓を掘った。その上にはウサギの名前を記した石が置かれた。

それから私たちは他にも思いつくままに話した。建物の玄関に植えられたレンギョウ、シニカルな教授たち、大学のキャンパスに散歩しに来る周辺の住民たち、どの飲み物もひどくまずいカフェテリア。彼女は今も同級生たちと連絡を取り合っていた。その大半は映画とは何の関係もない仕事に就いていていた。結婚している者もいれば、私のように海外に向かった者もいた。彼女が誰かの名前をあげるたびに、その人物の顔が一瞬頭に浮かんだ。私はまた、それらの人々が制作した映像や彼らが自分の作品について話したときの口調、彼らが吸っていたタバコの匂い、彼らのタバコの持ち方、撮影のときの彼らの服装をかすかに覚えていた。彼女の記憶は私の記憶とはずいぶん違っていた。まるで私たちには共通の過去などなく、まるっきり異なるふたつの過去が、このテーブルの周りに混じり合うことなくただ隣り合っているようだった。
あの朝、映像編集室から出た私たちを待ち受けていたのは、一面の雪の世界だった。あの朝のことを覚えているかと訊く勇気は私にはなかった。似ても似つかない記憶が思い起こされることで、私があの瞬間について抱いている記憶を彼女が書き換えてしまうのではないかと怖かったのだ。彼女もまたあの日のことは語らなかった。もしかしたら彼女も私と同じ不安をひそかに抱いていたのかもしれない。あるいはあの朝のことなど、きれいさっぱり忘れてしまっていたのか。

カフェを出たとき、私たちはふたりとも軽く酔っていた。私たちは川のほうに向かっていった。あたりはすっかり暗くなっていたが、通りにはまだじめじめした暑さが残っていた。私たちは横に並んで歩いた。私は彼女にまるでもう何年も住んでいるかのようにこの街を案内した。古い建物や噴水、教会や高級品店の前を通り過ぎた。野良犬やホームレスには出くわすのだが、なかなか川は見えてこない。夜に街をうろつくことなどほとんどないから、いつもの目印が見つからなかった。困惑を顔に出さないようにして、私は携帯を取り出すと、自分たちが今どこにいるのかを確認した。地図の拡大と縮小を繰り返し、私を取り囲んでいるこの世界と画面に映し出された世界を比較した。

まさにその瞬間、彼女が私の背中をポンと叩き、私の手を取ると、私を引っ張っていった。彼女の不意の行動に私は思わず動揺した。この街に住むようになってからというもの、私にこんなふうに触れる人は誰ひとりいなかった。まるでこのわずかな接触が、私がそれまで自覚していなかったある不在から私を救ってくれたようだった。

川辺に着いたとき、私たちの手は汗で湿っていた。目の前に広がる川はとても大きかった。街灯のオレンジ色が反射して、川の流れは止まって見えた。彼女が手を離すと、手のひらに風のそよぎが感じられた。

観光船が私たちのいるほうに進んできた。船は低く長い音を発し、そのせいでこの光景はどこかもの悲しかった。彼女は乗客たちに向かって手を振り始めた。彼女に気づいたひとりが手を振り返し、続いてもうひとりが手を振ると、やがてあるグループ全員が手を振った。彼らははしゃいでいるようだった。

船は私たちの前を過ぎ去り、水面にゆったりとした波のうねりを残していった。彼女は手をおろすと、船が少しずつ離れていく様子を見つめた。

＊

彼女が死んだ。携帯の画面を見つめたまま、私は何事もなかったかのように、その知らせが気づかれることなく通り過ぎていったかのようにスクロールを続ける。彼女の死に続いて、レシピ、イルカの写真、塩が食生活に及ぼす害についての記事が現れる。

相変わらず布団の下で縮こまりながら、自分は本当に目を覚ましているのか、これらすべてのことは現実なのか、それともたちの悪い冗談なのか自問してみる。だが、数あるコメントのトーンには曖昧なところはまるでない。

私はショックや悲しみを表に出せずにいる。携帯に現れた彼女の死は説明も理解も不能なように思える。彼女はここから遠く離れた場所で、まったく現実味のない世界で死に、私はどう反応すればいいかわからずにいる。

彼女の過去の投稿を読んでみる。既によく知っているものもあれば、そうでないものもある。彼女がここに来たときの写真が目に留まる。私が住んでいる界隈だ。私たちが再会したカフェに着く直前に撮ったものだろう。彼女の言葉を読み、彼女の写真を見て、突然奇妙な感覚に襲われる。主のいない家の中に侵入しているような感覚。私はスクロールをやめる。やがて消えた画面の上に私の顔が反射して浮かび上がる。

ベッドから抜け出し、窓を開けに向かう。あたりはまだ暗く、外には誰もいない。雪のかけらがひらひらと私のほうに舞い降りてくるのに気づく。手を差し出し、それをつかまえる。手を開いてみると、手のひらがうっすらと湿っている。

真珠

PERLES

あなたは目を開ける。あるいは目を開けたと思っている。あたりは真っ暗闇。何か見えないかと目を細めてみるが、うまくいかない。闇は厚く、先を見通すことはできない。やがて視覚以外の感覚も目覚め始める。指先に震えのようなものを感じる。外では車が一台、続いて二台、三台、四台と通るのが聞こえる……。あなたの視線は際限のない空間をさまよい続けている。暗闇はいくつもの粒状のものからできているようで、それがまぶたに重くのしかかる。粒はあなたに襲いかかり、あなたを貪る。その勢いがあまりにすさまじいので、あなたは思わず目を閉じる。再び目を開け、何度も何度もまばたきするが、周囲は相変わらずの真っ暗闇。そもそも今どこにいるのかがわからない。その場所がどんな様子なのかもはや思い出せないが、どうやらあなたはそこに住んでいるらしい。あなたはそれまでさまざまな場所で暮らしてきたが、その天井がフィルム用のビューアーでも覗いているかのように次々と目に浮かんでは消える。子ども時代の部屋が見える。部屋はひとつではない。というのも、子どもの頃にあなたは何度か引っ越しを経験したからだ。それから大学時代に住んでいた部屋や初体験をした屋根裏部屋、初めて借りたワンルーム、旅先で訪れたユースホステルの部屋、夏を過ごした田舎の別荘やホテルの部屋。病院のベッドから冷たい蛍光灯の明かりを見上げたこともあった。あなたはあるスポーツジムの体操マットの上で沈むように倒れたあの夜のこと、そして際限なく吐き続けてトイレの床にへたり込んだ、それとは別のあの夜のことを思い出す……。その都度見た夢について考える。幾千もの夢を見たが、記憶に残っているものはほとんどない。今この瞬間も夢を見ているのか。あるいはもう死んでしまっているのか。あなたは、死とはきっとこんなものなんだろうなと独り言を言う。はっきりと存在していて意識もあるのだが、周囲には真っ暗闇しかない状態。この淀んだ空気の中に自分が完全に溶けてしまっている感覚。顔を触ってみるが、輪郭がよくわからない。肌はさらさらもしていなければ、ざらざらもしていない。口を開き、「あ」と言ってみる。声があたりに人工的に響く。やっとの思いで立ち上がるが、いざ立ってみると、めまいに襲われる。先を見通すことができないこの闇のせいで、うまくバランスを保つことができない。空気までもが重くどんよりしている気がする。腕を伸ばし、細心の注意を払って、周囲を手探りしながら前に進んでみる。床はじめじめしていて、脚を上げるたびにべとついた音が聞こえる。何か鋭いもので足の裏が切れる。痛みのあまりあなたは顔をしかめるが、それでも進み続け、やがて指が壁に行き当たる。あなたは壁に沿って進み、照明のスイッチと思われるものに触れる。それを押した瞬間、きしむような音が部屋中に広がる。金属製のブラインドがゆっくりと上がり、光線がほとばしる。瞳孔が収縮と拡大を何度も繰り返し、しばらくしてやっと落ち着く。床には割れたグラスのかけらやお酒のボトルが散らばり、鉢植えの観葉植物は土がからからに乾いている。そしてところどころ、あなたの足から流れ出た血の跡が見える。

＊

昨夜あなたはこの部屋で眠った。たぶん一昨日も、そしてそれに先立ついくつかの夜も。何時に眠りについたのか、いつベッドに横になったのかはもうわからない。昨夜あなたは浴びるほど酒を飲み、透明な液体に溶けてしまいかねないほどだった。湿気をたっぷり吸った植物になってしまったあなたは、茎をくったり垂らし、倒れこむように眠りについた。

床に転がっているボトルはどれもほとんど空だった。残っている数滴の液体を飲み干したところで、喉の渇きは癒されない。隣の部屋に向かい、汚れた食器が山積みのシンクの中からグラスをひとつ拾い上げる。あなたはそれをサッと洗い、水を満たす。ひと口飲んだだけで嫌な匂いが鼻をつく。見れば、水は黄ばんでいて、小さな粒がたくさん入っている。グラスの残りをシンクに捨て、もう一度蛇口をひねり、しばらく水を出しっぱなしにする。シンクに少しずつ水がたまっていく。やがて水が溢れるが、あなたは特に何をするでもない。水はあなたの足の指を、続いてかかとを浸していく。まるで上昇を続ける水に飲み込まれるのを待ち受けているかのようにあなたは息を止めるが、やがてぷはっと息を吐きだす。あなたは蛇口を締める。

冷蔵庫のドアを開け放つと、中から腐った臭いが漏れてくる。はちきれんばかりに膨らんだ牛乳パックと、熟れすぎて形が変わってしまった果物がいくつかある。あなたは何も触れずに冷蔵庫を再び閉じる。

ゴミ箱を見ると、使用済みのティーバッグがある。すっかり乾いてしまっているが、まだ香りはする。あなたはそれをティーカップに入れると、蛇口からお湯を注ぎ、数秒後にティーバッグを取り出して、液体をひと口飲む。えぐい味が舌に広がる。カップの中にカビが浮かんでいるのが見える。あなたは紅茶の残りを捨て、口をゆすぐ。

さっきまで眠っていた部屋に戻り、ソファに腰を下ろすと、いったいどれくらいの時間が過ぎたのだろうと自問する。ティーバッグにキノコのようなものが生え、果物や野菜が冷蔵庫の中で腐り、こぼしたお酒のせいで床がべとべとになるだけの時間。しかし、そんな時間に心当たりはない。

寝室のドアのほうに顔を向けてみる。あの子の寝室。それから立ち上がり、あなたは寝室に向かう。ドアノブに触れたとたん、金属の冷たさに驚く。あなたは突然、自分の手が熱を帯びていることに気づく。あまりの熱にうろたえる。そういえば身体の他の部分も熱い。あなたはドアの前で身じろぎもせずにいる。時計の針は動きを止め、ラジオもテレビもコンセントが外れ、携帯電話はずいぶん前から充電が切れている。沈黙が徐々に重くのしかかる。あなたはもう一度一気に息を吸い込み、ドアノブを回す。

生暖かいすきま風が寝室から漏れ出る。他の部屋と比べると、そこは清潔で日が差し込んでいて明るい。まるでその部屋だけ使われているかのようだ。小さな埃の粒が重力に逆らうように浮かんでいる。手の中でドアノブが温かくなり、湿り気を帯びる。手つかずのその空間を長いあいだじっと見つめ、それからあなたは足を踏み入れる。

机の上に一冊の本が開きっぱなしになっている。あなたは椅子に座り、本をのぞき込むが、読むことはしない。余白に殴り描きされた絵を眺め、あの子のアンダーラインの引き方やページの端の折り方に目をやる。きっと多くの時間をかけてこれらの線を引いたのだろう。あなたは細心の注意を払ってその本に触れる。指で触れたとたんぼろぼろに崩れてしまうことを怖れて。

あなたは立ち上がり、ベッドに近づく。なじみのある匂いがベッドから漂ってくる。シーツの間にもぐり込み、ここでいったいどんな夢が見られたのだろうと考えているうちに、あなたは目を閉じ、眠りに落ちてしまう。

あなたは歩道にいる。雨が降っているが、雨宿りはしない。通りの反対側には若者たちの集団がいる。彼らも雨を気にしている様子はない。他の若者たちが加わり、集団はゆっくりと膨れ上がっていく。十人が二十人になり、ついで五十人に、それから百人、二百人に……。集団が勢ぞろいすると、数えたわけではないが、あなたはその数が三〇四人だと直感する。彼らを美しいと感じる一方で、彼らの若さが恐ろしい。雨はどしゃ降りになり、あなたはくるぶしまで水浸しになる。向かいでは、若者たちが同じようにずぶ濡れになっているが、彼らは相変わらずお構いなしである。急に彼らが全員あなたのほうを向く。六〇八の目があなたを見つめる。それから三〇四人の若者ひとりひとりがあなたに黒い真珠のようなものを投げかける。真珠はあなたに襲いかかり、スーパーボールのように地面にぶつかっては跳ね返る。あなたはそれらをよけようとするがうまくいかない。あなたがしきりに手足を動かすのを見て、若者たちは爆笑している。無遠慮な、とてもはっきりした笑いである。あなたは真珠をよけるのを諦める。若者たちが笑っているのにつられて、あなたも笑い始め、彼らはなおさら面白がる。しばらくすると、真珠は若者たちのほうに跳ねていき、消えてしまう。

相変わらずひどい雨である。寒さのあまりあなたは歯をかちかち言わせ、唇が真っ青になる。服が肌に貼りつく。あなたは若者たちと一緒にどこかに避難したいと思う。濡れた服を乾かし、お茶を飲んで身体を温めたい。三〇四人の若者を連れてどこに行けばいいのだろう。病院、あるいは美術館、スーパーマーケット、学校？　学校なら全員が座れるかもしれないし、服が乾くのを待っているあいだ、若者たちは絵を描くことだってできるかもしれない。あなたは出発しようと提案するが、若者たちは聞く耳を持たない。降りしきる雨のせいか、あなたたちを隔てている距離のせいで声が届かないのだと思い、あなたはひと際声を張り上げる。しかし、あなたの声は自分自身にも聞こえていない。そのときあるひとつの顔が他の若者たちの中から浮かび上がる。それは女性だった。三〇四人の中であなたは彼女だけを見分けることができる。彼女のほうでもあなたたに気づくと、あなたを安心させでもするかのように合図を送る。あなたは首を横に振り、こっちに来て一緒に帰ろうと説得しようとするが、言葉が出てこない。通りを渡ろうにも、身体が動かない。両腕を上げることすらできない。雨が強まるが、若者たちは相変わらず知らん顔である。あなたはようやく理解する。彼らはみんな死んでいるのだ。

あなたははっと目を覚ます。喉が痛い。枕が濡れている。若者たちのざわめきと雨の鈍い音がまだ耳に残っている。寝室は静寂そのものである。彼女は二度とここには戻ってこないだろう。まだ夢を見ているのではないかと思い、あなたは自分の頬をつねってみるが、かすかに鋭い痛みを感じるだけ。あなたが避難できる現実は他にはない。

ある日、あなたは友人から、目を赤く腫らさないようにしたければ、水を張った洗面台に頭を沈めて泣くのよと教わった。そんな忠告をするくらいだから、それまでにさぞたくさん泣いたのだろうと、当時は思ったものだ。その友人の顔とはかなげな笑みは今でも覚えている。それはもう怒ったり、喧嘩をしたり、悲しんだりするだけのエネルギーを失くしてしまった人の笑顔だった。あなたは今のところまだ泣いてはいない。だから洗面台方式を実践するわけにはいかない。あなたは自分が渇いて干からびていく気がする。まるで砂漠の海で難破した船が身動きが取れなくなり、少しずつ砂に飲み込まれていくように。

居間のほうから突然物音がし、考え事が中断される。ベッドから起き上がり、寝室から出ると、猫が一匹ソファに座っている。見たことのない猫である。猫はあなたを見つめ、鳴き始める。猫に近づき、猫があなたに送っている合図を読み解こうとするが、うまくいかない。そういえば、猫が尻尾を左に動かすのは悲しいときで、右に動かすのはうれしいときだとどこかで聞いたことがある。しかし、ソファに座っているこの猫は、まるでうれしくも悲しくもあるように尻尾を左右に振っている。猫の尻尾は上から下、下から上にも動き、あなたはすっかり取り乱してしまう。猫は他にどんな感情を持ちうるのだろう。怒り、憂鬱、嫉妬、郷愁?

あなたはこれまでに犬も猫も飼ったことがなかった。概して動物は好きではない。動物たちの前にいると、腹を見透かされ、本性を暴かれるような気がする。動物たちといると、言葉や仕草でごまかすことができない。自分が本質的に悪だというわけではないにしても、動物たちが投げかける視線に居心地の悪い思いをさせられてきたのだ。

とりあえず辿り着いた結論は、猫はうれしくも悲しくもなく、お腹が減っているだけだというものだった。キッチンに行き、戸棚を見回すが、猫の餌になりそうなものはほとんど何もない。外に出て猫のために何か買ってくることにする。あなたはコートを羽織り、マンションの部屋を後にする。エレベーターに乗り込みながら、あの猫はどこから来たのだろうと独り言を言う。一階のボタンを押し、正面にある鏡を見る。そこに映っている人物が誰なのかわからない。その真っ青な顔に覚えはあるのだが、とても自分だとは思えない。口を開け、舌を出してみる。変な顔をしてみるが、笑えない。エレベーターが止まり、ドアが開く。あなたはエレベーターを降りる。

外は快晴である。朝の終わりのきらきらした光が通りのあちこちで輝いているが、それはあなたのところまでは届かず、あなたを包んでいる厚い闇を貫くには至らない。あなたはまばたきをしてまぶたに貼りついたかげりを払い落とそうとする。

ある通りの片隅で浮浪者が犬と一緒にまどろんでいる。昼の強い日差しも気にはならないらしい。あんなふうに穏やかに眠ることができたらどんなにいいことか。老婦人が彼らの前で立ち止まり、音をたてずに歩道にリンゴをいくつか、ビール瓶を何本か置いていく。あなたは彼女が背を丸め、ちょこちょこと遠ざかっていくのを眺める。振り返ると、浮浪者があなたを見つめている。そのうるんだ黒い目は、海の底から見据えているように見える。

スーパーマーケットにはひと気がなく、エアコンが全開になっている。ここにきてようやくあなたは羽織ってきたコートが季節外れであることに気づく。いくつかの棚に沿って歩いた後、あなたは店員にキャットフードはどこにあるのかと訊く。店員はあなたを箱入りのドライフードの前に連れていき、ためらいがちな声で大丈夫ですかと尋ねる。その質問にあなたは意表をつかれる。店員の意図がよくわからない。あなたは曖昧にうなずき、目の前の箱をつかむと、急いでレジに向かう。レジの店員もさっき棚のところで出会った店員と同じ質問をあなたにする。心配そうな視線に気が詰まりそうになる。あなたは返事をしない。急いでスーパーマーケットの外に出る。呼吸が荒くなり、めまいを覚え、数々の質問に取り囲まれている気がする。質問はうるさくなる一方だ。いったいいつから自分の人生はこんなにも混乱したものになったのだろう。どんな理由で店員たちはあんなふうに話しかけてきたのだろう。なぜ夏の真っ盛りにこんなに厚いコートに袖を通したのだろう。どつぼにはまった気がする。正常な状態がどんなものなのかすらもうわからない。以前の生活で毎日行っていたことや昔からの習慣の数々は、あなたにとってははるか遠くの記憶でしかない。これらの思いに苛立ちは募り、あなたの心臓は早鐘を打つ。

マンションに戻ると、猫が居場所を変えていて、居間の隅に寝転がっている。今度は見られてもさほど嫌な感じがしない。あなたは次第に正常な呼吸のリズムを取り戻す。

お椀にドライフードを入れると、あなたはそれを猫の前に置くが、何の反応もない。あなたが離れていくと、ようやく食べようとする。あなたはソファに座り、猫がドライフードを咀嚼して呑み込む音を聞く。お椀を空にすると、猫は音を立てて舌舐めずりする。あなたはお椀にお代わりを入れてやると、袋の中からドライフードをひとつつまみ、それを自分の口の中に滑り込ませる。それを嚙み砕いたとたん、猫が突然あなたのほうを向き、それから再びお椀の中に頭を突っ込む。あなたはドライフードをひとつかみ手にし、それらを機械的に奥歯で嚙み砕く。咀嚼音が部屋を満たしていく。

家出

FUGUE

毎週日曜日の正午、私たちは家族そろってテレビを見ながらお昼を食べるのが習慣になっていた。ちょうど週に一度放送されるのど自慢コンテストの時間だった。収録は毎回異なる地域で行われ、地元住民たちが出場者となり、歌ったり踊ったりするだけでなく、時には自分の人生について語って視聴者を楽しませた。パフォーマンスが終わるたびに審査員たちが木琴を鳴らして評価を下した。合格すると美しいメロディが流れ、出場者は次のステップに進め、不合格の場合には大きな音がひとつ長めに鳴らされるだけだった。番組の司会は分厚い眼鏡をかけた小柄な老人だった。出場者が歌っているとき、彼は舞台奥に立っていて、歌が終わると前に戻ってきてコメントを述べた。夏には屋外ロケが行われ、彼が汗をかいているのが画面越しにもわかった。こまめにハンカチで額をぬぐうのだが、それでも汗は止まらず、こめかみを伝って流れ落ちるのだった。

私たちは番組が終わるまで食卓から離れなかった。我が家のただひとつのテレビは居間にあって、食事中に見られるように、父は画面を台所にある食卓のほうに向けていた。出場者たちが舞台でおどけているときでさえ、私たちはほとんど笑わなかった。私たちは映像をじっと見据えながら、黙って食べ物を呑み込んだ。番組が終わると、母は食卓を片づけ、洗い物をした。父はといえば、居間に移動し、テレビの画面をソファのほうに向けると、そこにどっかりと腰を下ろすのだった。

ちょうど同じ時間、別のチャンネルでは私の好きなアニメが放映されていた。主人公は空飛ぶスケートボードに乗って仲間たちと世界を旅してまわる猿のキャラクターだった。彼の冒険を追うために私に許された時間はわずか十分間だけだった。それはのど自慢が終わり、同じチャンネルで次の番組が始まるまでのコマーシャルの時間だった。日曜日が来るたびに私はアニメの始めと終わりを見逃した。とはいえ、どのみちストーリーはいつも同じだった。旅の途中で猿は敵の動物たちと出会うのだが、決まって最後には彼らと仲良くなるのだ。その十分のあいだ、私はチラチラと壁掛け時計に目をやった。父がチャンネルを替えてしまうことはわかっていたが、うっかり忘れて、アニメを見続けられることを毎回願わずにはいられなかった。しかし、十分経つと、父は無慈悲にもリモコンのボタンを押してしまうのだった。お次は、ありとあらゆる古物を鑑定する番組だった。いろんな人が磁器や絵画や宝石を番組に持ち込んだ。彼らはそれらの品を先祖代々大事に保存されてきたお宝だと信じきっていた。スタジオでは専門家たちが品物を隅から隅まで調べて鑑定した。たいていの場合、ただのガラクタかまがい物で、値段が告げられると、持ち主たちは困惑したような笑みを浮かべて舞台奥に姿を消していく。しかし時折、本当に貴重な品が登場して、専門家たちの前に置かれた掲示板に突然ありえない値段が表示されると、うとうとしていた父はハッとして小さな驚きの声を漏らすのだった。

そんな日曜のある午後、私は家出をすることを決心した。特にこれといった理由があったわけではない。あるいはむしろ多くの理由が同時にあったからかもしれない。いつものように私たちはテレビを見ながら食卓を囲んだ。口の中が乾き、水をたくさん飲んだ。私はその日、家を出ると心に決めていて、日曜らしい平穏さが突然不条理でわざとらしいものに思えた。歌や寸劇が次々と繰り広げられたが、食卓の周りでは誰も反応しない。あまりに無反応な両親を見ていると、番組の出演者たちが滑稽で憐れになってきた。私たちはこれらの癇に障る歌やありきたりの冗談、そして木琴の音を聞きながら、食べ物をがつがつとかき込んだ。

食事を終えると、父と私はソファに陣取った。父がリモコンを手にし、アニメのチャンネルに替えた。猿がスケートボードに乗り、滑空していた。我が物顔で自由自在に飛び回る様子に私はわくわくした。今すぐ家出をし、彼と同じようになりたくて仕方なかった。もっとも、スケートボードの乗り方は知らなかったのだけれど。父がいつもの番組を見ているあいだに家出してやるんだ、と私は心の中でつぶやいた。そのうちに父はテレビを見ながらまどろみ、母は家事で手一杯になることはわかっていた。そんなことを考えていると、気づかないうちにいつもの十分が過ぎてしまっていた。ところが、例の番組が始まる時間が来ても、父はチャンネルを替えなかった。一瞬、計画がばれ、父が私を取り押さえようと待ち構えているのではないかという思いがよぎった。父が私に最後までアニメを見せてくれたのはそれが初めてだった。動揺のあまり、ストーリーがまるで頭に入ってこなかった。テレビの中では猿がのんきにスケートボードに乗って空を駆け回っていた。

父のいびきが聞こえてきた。横目で観察すると、父はソファにだらしなく寝転がり、まどろんでいた。物音を立てないよう注意して立ち上がると、私は自分の部屋に向かった。カバンを持っていかなければ。猿はいつもカバンを肩にかけているのだから。通学用のカバンの中身を全部じゅうたんの上に出してみたが、文房具入れやノートの代わりに何を入れたらいいのかわからなかった。猿はカバンを開けたことなど一度もなく、その中に何が入っているのか見当もつかなかった。数分間頭をひねった挙句、カバンは諦め、それまで貯めてきたお小遣いを持って出かけることにした。家を出るところを母か父に見られたら、友だちの家に遊びに行ってくると言えばいい。ありったけの小銭を詰め込んだせいで、ポケットはずっしり重い。それから、私は忍び足で玄関まで歩いた。はちきれんばかりに膨らんだポケットに両手を突っ込み、小銭同士がぶつかって音がしないように細心の注意を払いながら。私が通り過ぎても父は目を覚まさなかった。

外に出ると、春の花々がうっとりするような匂いを放っていた。午後の日差しを浴びて熱を帯びた壁に沿って歩いていくと、買い物袋をいくつも提げたお隣さんと出くわした。彼女は私に挨拶し、にこにこしながらどこに行くのと訊いたが、私の返事を待つことなく、ご両親は元気と別の質問を投げかけてきた。ご両親によろしくねと言われて、私はわかりましたと答えた。

ある公園まで歩いていくと、友だちが何人かで遊んでいた。私に気づくと彼らは一緒に遊ぼうよと言ったが、その誘いを断り、少し離れたところにあるベンチに座った。私は彼らが走ったり叫んだり笑ったりするのを眺めた。彼らと会うのもこれが最後かと思うと、別れの挨拶をしたくなったが、我慢することにした。計画が漏れてしまってはいけない。彼らに話したら、本当の家出ではなくなってしまう。私には秘密があるのだという感覚に生まれて初めて感動を覚えた。離れて静かにしていると、私は彼らとは違うのだという混乱した気持ちになった。そのことが誇らしくもあれば、悲しくもあった。

遊ぶ友だちを尻目に私は公園を去った。暑くて喉が渇いた。アイス売りの前を通ると、ひとつどうだいという声が聞こえた。冷たくていい匂いのするアイスを見ると、思わずよだれがたれる。ポケットの生地ごしに小銭に触れたが、私はどうにか眉をしかめると、要らないと言った。これから何が起こるかわからない。お金を無駄遣いしないに越したことはない。アイス売りの視線をうなじに感じながら、私は先を急いだ。

しばらくすると、川岸に辿り着いた。川の水はほとんど干上がっていて、ところどころひび割れた川床が見えた。こんなにむき出しの疲れきった姿をして恥ずかしいだろうなと私は心の中で思った。奇妙なことに水の匂いが、まるで川の記憶のようにまだ残っていた。私は土手に腰かけた。川向こうには都会があった。超高層ビル、レストラン、ブティック、渋滞、そして物乞い。川のこちら側には物乞いをしている人などひとりもいなかった。

＊

それまで都会へ行ったことがあるのは一度だけ。夏の初めのある晩のことだった。目的地を知らされぬまま両親に車に乗せられた。父が車を運転し川の反対側に向かうあいだ、母はバックミラーから目を離さず化粧をしていた。どこに行くのと訊くと、母がお祭りよと答えた。たくさんの人が集まり、花火も上がる予定だということだった。開け放った車の窓から燃え上がるような空が見えた。都会に近づくにつれ、道路が混雑し、私たちは渋滞につかまった。とっくに化粧を終えた母が何度もため息をついた。母は家にいたほうがましだったわねと言った。苛立ちを表明するかのような長いクラクションがどこからともなく聞こえた。他のドライバーたちもそれに続き、騒音が募ると、やがて耳を聾《ろう》さんばかりとなった。中心部に着いた頃には夜もすっかり更けていた。両親はへとへとといった様子だった。

通りという通りに人が溢れていて、その大半は酔っ払い、上機嫌だった。彼らは叫ぶように声をかけ合い、大声で笑っていた。いたるところに屋台が立ち、商人たちは身振り手振りを交えてできるだけ多くの客を呼び込もうと奮闘していた。私たちの周りでは笑い声や叫び声、機械の雑音を始めとするあらゆる爆音が混じり合い、音がギュッと詰まった塊になっていた。上半身裸の男がいて、彼が火を吐くと、人々は拍手を送った。焼いたソーセージや揚げ物、タバコの煙が通りに充満した。私は生まれて初めて綿菓子の甘い匂いを嗅いだ。両親は私にひとつ買ってやろうかと言った。
綿菓子がどうしてこんなに軽いのか私には理解できなかった。砂糖でできた雲に顔を突っ込んでかじってみると、繊維状のものがはがれるのだが、まるで空《くう》を噛んでいるような感じだった。砂糖はあっという間に舌の上で溶け、消えてしまい、どろっとした唾液しか残らない。しまいには頬や顎がべとべとになった。私はこの新しい味に夢中になり、止まらなくなってしまった。突然、両親の手を放してしまっていることに気づいた。あたりを見回したが、どこにも姿が見当たらない。やがて後ろから押し寄せた人の波にさらわれた。

私は人混みが少ない通りに避難した。薄暗がりの中、少し離れた場所に大人たちの一団が見えた。助けを求めようと彼らのほうに向かっていったが、近づくにつれて、彼らが人間の顔をしていないことに気づいた。それは怪物じみた動物の顔だった。彼らがこちらに顔を向けると、私は怖くなって、全速力で逃げた。背後でからかうような笑い声が聞こえた気がして、さらに怖くなった。離れた通りまで来ると、私はスピードをゆるめ、息をついた。綿菓子の棒が指にへばりついてしまっていた。綿菓子をゴミ箱に捨ててしまいたかったのだが、瓶やコップや食べ物の残りでいっぱいで捨てることができない。ゴミの山の中で何か赤いものがきらっと光って動くのが見えた。じっと眺めると、それはビニール袋に入った金魚だった。誰かが何かの景品でもらい、すぐに捨てたのだろう。ビニール袋はとても小さく、金魚は泳ぐことができずにいた。身動きが取れず、その場でバタバタしているだけだった。私はそれを数分間見つめてから、手に取った。

私はまっすぐ進んだ。お祭りの音は小さくなっていた。途中、ひざまずいて物乞いをしている男の前を通り過ぎた。男は私に止まるよう合図をし、こんな時間にこんな場所でひとりで何をしているのかと尋ねた。私は道に迷ってしまい、両親とはぐれてしまったのだと答えた。男はとても穏やかな声で、実は自分も同じなのだと言った。彼は自分の目の前に置かれたコップを手探りし、小銭をつかむと、これで両親に電話をかけるといいと言って差し出した。私は彼にお礼を言い、金魚がほしいかと尋ねた。彼は頭を横に振り、私の綿菓子をじっと見つめた。棒の上に唾液混じりの砂糖の層が薄く残っているだけだった。それをあげると、彼は私が立ち去るのを待たずに舐め始めた。

その界隈にはひと気がなく、私は街の住人たちは全員お祭りに行っているのだろうなと思った。綿菓子のむかつくような後味のせいで、喉が渇いてしまった。一時間か二時間歩いてようやく川のほとりに辿り着いた。当時、川はまだ干上がってはいなかった。

私は水面を見ながら橋を渡った。都会の明かりがきらきらと反射していた。ひゅーという鋭い音がいくつか聞こえ、色とりどりの大輪の花が空いっぱいに広がった。爆音がするたびに長い不穏な沈黙が続いた。突然、両親のことが頭に浮かんだ。ふたりは都会の通りを駆け回り、私を捜しているのだろうか。それとも既に帰宅して私を待っているのだろうか。いずれにせよ、今まさにこの瞬間、おそらくふたりも私と同じように空を眺めているのだろうと考えると、ほっとした。金魚にもこの光景を見せてやろうと袋を持ち上げてみたが、バタバタするばかりで、光の爆発に感動している様子はなかった。静けさが戻ると、私は対岸に向かって再び歩き始めた。都会の明かりと比べると、目の前の明かりはずっと弱く、まばらだった。

何時間も歩いた挙句、ようやく慣れ親しんだ地元の通りが見えてきた。毎日歩いている歩道、母が買い物をするさまざまなお店、そしておなじみの公園やベンチ。電話ボックスの横を通り過ぎたときに、物乞いが小銭をくれたことを思い出した。ボックスの中に入ってみたが、あいにく受話器の位置が私には高すぎた。家まで向かう途中、私は誰とも出くわさなかった。人はおろか野良猫一匹。町そのものが夜に飲み込まれてしまっているようだった。私は両親や地元から見捨てられ、忘れ去られてしまったような気がした。

家の前に着いたが、明かりはついていなかった。ドアの数メートル向こうにある自分の部屋や持ち物のことを考えた。立っているのがやっとだった。もはやひとつのことしか考えられなかった。ベッドに滑り込み、自分の枕の匂いを嗅ぎたい。押したり引いたりしてみたが、ドアは一ミリも動かなかった。私は戸口にうずくまり、その晩に目にしたあらゆることを反芻した。人混み、縁日、綿菓子、物乞い、花火……。自分が迷子になったと気づいた瞬間を思い出してみた。数分前まで母の手を握っていたのに、その直後、母はそこにはいなかった。そのあいだがどうしても思い出せなかった。私はドアに寄りかかり、そのまま身を縮めて眠ってしまったのだと思う。目が覚めると、私はいつもの朝と同じようにベッドの中にいた。枕元のテーブルの上には、大きな透明の鉢に入れられて、金魚が泳いでいた。

＊

私は土手に腰かけ、川の反対側を眺めていた。川を渡り、都会に行かなければならないと思った。こちら側にいる限り、私は両親の子どもだが、あちら側に行けば、誰にも気づかれることなく、あのお祭りの晩のように姿をくらますことができる。あのとき私

おそれ
入りますが、
切手を
お貼り
ください。

読者ハガキ

151-0051
東京都渋谷区千駄ヶ谷3-56-6
(株)リトルモア　行

Little More

ご住所　〒

お名前(フリガナ)

ご職業　性別　年齢　才

メールアドレス

リトルモアからの新刊・イベント情報を希望　□する　□しない

※ご記入いただきました個人情報は、所定の目的以外には使用しません。

小社の本は全国どこの書店からもお取り寄せが可能です。
[Little More WEB オンラインストア]でもすべての書籍がご購入頂けます。
http://www.littlemore.co.jp/

ご購読ありがとうございました。
アンケートにご協力をお願いいたします。 voice

お買い上げの書籍タイトル

ご購入書店

市・区・町・村　　　　　　　　　書店

本書をお求めになった動機は何ですか。

□新聞・雑誌・WEBなどの書評記事を見て（媒体名　　　　　　　　　）
□新聞・雑誌などの広告を見て
□テレビ・ラジオでの紹介を見て／聴いて（番組名　　　　　　　　　）
□友人からすすめられて　□店頭で見て　□ホームページで見て
□SNS（　　　　　　　　　　）で見て　□著者のファンだから
□その他（　　　　　　　　　　　　　　　　　）

最近購入された本は何ですか。（書名　　　　　　　　　　　　）

本書についてのご感想をお聞かせくだされば、うれしく思います。
小社へのご意見・ご要望などもお書きください。

ご協力ありがとうございました。 Little More
いただいたご感想は、全文または一部抜粋のうえ、本の宣伝等に使用する場合がございます。

はよく考えもせずに家に戻った。まるで夢遊病患者のように歩いた。家が磁石のように私を引き寄せたのだ。今はその磁場から抜け出すために都会に行きたかった。

ある男が近づいてきて、私の横に座った。何か探しているのかと尋ねる彼に、私は川向こうの街を眺めているだけだと答えた。彼はわかるよと言って微笑むと、自分はあちら側に住んでいて、遠くから街を眺めるためによくこの岸に来るのだと付け加えた。彼は人差し指で四十階か五十階はあろうという高層ビルを指し、あれが自分の家だと言った。それから一緒に来るかいと訊いた。キャンディがたくさんあるよ。どうして大人は子どもがみんなキャンディ好きで、キャンディがもらえるならどこへでもついていくと思っているのだろう。行ってもいいけど、キャンディのためじゃないと私は答えた。彼は驚いたようなほっとしたような様子だった。

彼は私の手を取り、私たちは並んで橋を渡り始めた。彼の手のひらは大きく湿り気を帯びているのに対し、手の甲はつるつるしていて、ほとんど毛がなかった。父の手は毛むくじゃらだと言うと、彼は笑って自分で毛を剃っているのだと答えた。

都会に入っていくにつれて、建物がどんどん威圧的になっていった。私は高層ビルのてっぺんを見極めようと絶えず上を見上げていた。住んでいるビルに着くと、男はその都度異なる暗証番号を打ち込んで複数のドアを順番に開け、それから私たちは二十三階までエレベーターに乗った。急に地面から身体が持ち上がり、めまいがした。

男は広いワンルームに住んでいた。部屋の中央には浴槽があり、壁には男のヌード写真が十数枚と抽象画が数枚かかっていた。巨大なガラス窓から近隣に立ついくつかの高層ビルが見えるのだが、壁面が鏡のようにものを反射するせいか、そこに人が生きている感じはしなかった。はるか遠くに私の町がかすかに見えた。町は私がいなくても存在し続けていた。

男はハイファイのオーディオをつけ、両親がふだん聴いているのとはまったく異なる音楽をかけた。部屋の四隅に置かれた大きな黒いスピーカーから音が流れた。男に勧められるまま大きなソファに座り、私は音楽に注意深く耳を傾けた。ピアノの音が聞こえた。いくつかの音が、いつ終わるとも知れない沈黙に隔てられながら続いた。ある声が不規則にうめいたかと思えば、時にはとても低い声で歌を口ずさんだ。湿った綿のようなものがお腹の中で大きくなり重みを増していく気がした。男が大丈夫かいと尋ねたが、私は答えることができなかった。数分経って、彼はチョコレートケーキをひと切れ勧めた。ひと口食べたとたんに吐き気を催したが、それでも私は最後まで食べた。それから喉がたまらなく渇き、音楽が頭の中でガンガン響き始めたところで、私は家に帰らなきゃと言った。男の顔が曇ったが、彼は私を引きとめようとはしなかった。私はソファから立ち上がると、部屋を横切り、玄関のドアを開けた。男はひと言もしゃべらなかった。私は振り返ることなく部屋を出た。

外に出ると、私は先ほど来た通りを逆戻りし、橋をもう一度渡ると、自分の町に戻った。行きに比べるとずっと短く感じられた。アイス売りは姿を消し、友だちももう公園にはいなかった。子どもたちが何人か遊びながら、親が迎えに来るのを待っていた。私はその日の午後に友だちを眺めていたベンチに座り、家出したことを後悔した。両親は私を捜し回り、警察に電話をかけたにちがいない。問いただされたら何を話せばいいのだろう。きっと両親は怒り始めるだろう。

日が沈むと、私は公園を後にした。あたりには夕食の匂いが漂っていた。私は足を引きずりながら家まで歩き、家に着いてもずいぶん長いあいだドアを開けずに玄関にたたずんだ。

家の中では父がテレビを眺め、母は夕食の準備をしていた。どちらも心配もしていなければ、怒ってもいなかった。いつもの日曜日の晩と同じように平和な空気が流れていた。自分の部屋に戻ると、明かりを点けさえせずに、私は日中ずっしりと重かった小銭をポケットの外に出した。その澄んだ音が夜の中にそっと響いた。

真夏日

CANICULE

あなたを見るたびに、あなたの名前について考えます。あなたのご両親はそれ以上の名前を選ぶことはできなかったでしょう。その名前はあなたにふさわしいし、他の何よりもあなたにしっくりきます。

そのすらりと長い脚と腕、ちょっとだけ猫背になった背中。私は脊柱《せきちゅう》に沿ってうなじまで目で追い、それから短く刈り込んだ髪に飛び込みます。あなたの髪は汗に濡れて黒々としています。肌は褐色に輝いています。その褐色はヴァカンスの日差しばかりか、四季折々の日差しや、季節と季節のあわいのニュアンスに富んだ日差しの跡までとどめているのです。目はまるで動物のよう。ここから遠く離れた、未開の大自然の中で育ったみたい。

あなたは初日から遅刻してきましたね。先生が出席を取って、あなたの名前を呼びましたが、返事はありませんでした。名前の主を探して、私たちはあたりをキョロキョロと見回したものです。先生はもう一度その名前をはっきりと発音しましたが、その声が教室中に虚しく響きわたるばかりでした。

十分ほどして、あなたは後ろのドアから入ってきましたね。私たちとは違って、あなたは制服を着ていませんでした。リュックすら背負っていなくて、白いポロシャツにキャップを目深にかぶったいでたち。私の目の前にひとつ空いている席があって、あなたはそこに座りました。先生がもう一度あなたの名前を呼ぶと、あなたはうなずき、練習で遅くなったことを詫びました。それから先生は高校の校則について再び話し始めましたが、その声はなんだか遠くに聞こえて、言葉の意味が失われていきました。先生の話を何ひとつ理解することなくぼんやりと聞きながら、私はあなたのうなじに釘づけになっていました。

昼休みになると、あなたはチャイムが鳴り終わるのを待たずに教室を飛び出していきましたね。他の生徒たちはすぐに小さなグループに分かれました。あなたの名前を口に出す女生徒たちがいて、私は自分の椅子から動かずに彼女たちの話に耳を傾けました。彼女たちはあなたと同じ中学の出身でした。彼女たちが他の女生徒たちに語ることには、あなたはテニスがとても上手で、既にいくつものトーナメントで優勝していて、将来有名になること間違いなしとのことでした。なるほど、練習で忙しいから、あなたはすべての授業に出席できるわけではないのですね。その女生徒たちはみんなより先にあなたと知り合ったこと、そしてあなたについて知っていることをずらずらと披露できることがうれしくて仕方ないといった様子でした。まるで無二の親友であるかのような口ぶりでした。

それから彼女たちはそろって食堂に向かい、あたりは突然静かになりました。教室には私しか残っていませんでした。学校に通うようになってから、私はさまざまな教科でさまざまなことを学びましたが、どうやって友だちを作ったらいいのかについては別でした。私は休み時間に気軽におしゃべりすることすらできませんでした。たいていの生徒たちは自分の居場所を労せず見つけることができるようでしたが、私はといえば、どうせうまくできもしないので、努力をすることをやめてしまいました。私は立ち上がり、仕方なく教室を出ました。

食堂は耳を聾さんばかりのざわめきに包まれていました。生徒たちが話をするにも、叫ぶようにしなければならないほどでした。パンくずや米粒や肉の小さなかけらが、口から飛んではテーブルの上に落下するのですが、その様子はさながら戦場でした。

　私はトレーを両手に持って、しばらく食堂をうろうろし、それから空いたテーブルの端に着き、味のしない冷めた食事をがつがつ食べました。座る場所を探している女生徒の集団に気づきましたが、彼女たちはこっそり私がいた場所から離れていきました。まるで私が伝染病の患者であるかのように。皿の中身を食べ終わると、水を一杯飲んで、私は食堂を後にしました。消毒剤のような後味が口の中に残っていました。

　教室に戻る途中、私はテニスコートの前を通りました。コーチがボールを打ち、あなたは悠然と自信に満ちた動きで打ち返していました。日光を浴びたポロシャツが目がくらむほどまぶしく、あなたの肌は教室にいるときよりもずっと褐色に見えました。この容赦ない日差しを浴びて、あなたの顔は疲れているように見えました。コーチに言われて新しい練習を始めると、あなたはコート中を走り回ってボールを打ち返していましたね。あなたの首やこめかみには玉のような汗のしずくが浮かんでいました。時には汗が空中に飛び散るのが見える気さえして、私は突如としてそれらをかき集め、味わいたい気持ちに駆られたのでした。頭が重くなり、何がなんだかわからなくなってきました。私はごくりと唾を呑み込みました。

　少し離れたところで女生徒の一団が足を止め、私と同じようにあなたに見とれていました。彼女たちもあなたの一挙手一投足を目で追い、あなたがボールを打ち返すたびに小さな歓声をあげ、夢中になっていました。
授業の再開を告げるチャイムが鳴ると、彼女たちは反射的に向きを変え、そろってその場を立ち去りました。私はしばらく待って、後ろ髪を引かれる思いで彼女たちの後を追いました。

教室に戻ると、別の先生が教卓に着いていました。どこか老いぼれて皺くちゃになった灰色のネズミを思わせました。分厚い眼鏡をかけていて、そのせいで顔がまっぷたつに割れている印象です。自己紹介すらせずに、彼は「出席番号一番」、すなわちアルファベット順で最初の女生徒を指名しました。立ち上がって、教科書の最初のページを朗読しろというのです。女生徒はすぐに言われた通りにしたのですが、十五行ほど読むと、ある語につまずいてしまいました。先生はそっけなく朗読をやめさせると、続いて二番を指名しました。アルファベット順で二番目の女生徒が立ち上がりました。彼女は前の生徒が中断したところから朗読を再開したのですが、何文か読んだあとにある語を正しく発音することができず、先生に止められてしまいました。先生は三番を指名し、続いてその彼女が失敗すると、四番、五番と続けて指名していきました。私たちは先生に指されるままに次々と立ち上がると、やがてすぐに席にくずおれるのでした。あなたの番が来たときには、既にクラスの半数が当てられていました。先生はあなたの番号を呼びますが、返事がありません。ある女生徒があなたが練習でいないことを説明すると、先生はその情報を大して興味もなさそうに受け取りました。次は私の番でした。

私は音節で引っかかったり、言葉の発音を間違えないよう、最大限に注意を払って朗読しました。声には出してみたものの、意味がわからない言葉がいくつかありました。まるでそれらの言葉が私から滑り落ちてしまうようでした。私は長いあいだ正確に朗読を続けました。文章を先に進めれば進めるほど、空気がぴんと張りつめていく気がしました。ふと先生が手を上げ、朗読を止めるよう合図しました。先生は私に近づくと、出席簿で私の頭をはたき、声が小さすぎて何も聞こえないと言いました。私は何も言わずにじっと彼を見つめました。

チャイムが鳴ると、先生は教室を去り、生徒たちはすぐにいくつかのグループに分かれました。誰もがショックを受けているようで、男性教師の態度があんなにも高圧的だったことに不満たらたらでした。しかし、休み時間が終わる前には、彼女たちは元気を取り戻し、まるですべてを忘れてしまったように振舞っていました。

数週間経つと、私たちはすべての教師に慣れ、それぞれが自分の役割を自覚していきました。クラスで成績が一番の女生徒もいれば、カリスマ的な女生徒、みんなを笑わせる女生徒、騒がしい女生徒もいました……。私は無口な女生徒でした。最初のうちこそ私と仲良くなろうとしてくれる子もいたのですが、彼女たちはやがて私が居心地の悪い思いをしていることを見て取り、私に背を向けてしまうのでした。それからというもの、彼女たちが私の孤独と沈黙を破ることはありませんでした。日中ひと言もしゃべらず、帰宅してから、自分が声を失ったわけではないことを確認するために、たったひとりでひと言ふた言話してみるということが、しばしばありました。

実はこの役割は私には都合のいいものでした。おかげで私はあなたに思う存分集中することができたのですから。教室に着くと、私の視線は自動的にあなたの席に向けられました。私があなたに話しかけることはありませんでした。あなたがいようといまいと、私はあなたの椅子と机を貪るように見つめました。机の上には、しばしばあなたのファンがかわいらしく書いた手紙が入念に折られて置かれていて、時には彼女たちが自分で作ったお菓子や丁寧に包装されたケーキが置かれていることもありました。

あなたが教室に来ることはめったになく、一週間に一度来るか来ないかで、来ても長くはいませんでしたね。教室にいるときには、あなたは自分の席で他の生徒たちがあなたに宛てて書いたすべての手紙を読み、それからそれらを机の引き出しにしまいました。あなたが返事を書いているところは一度も見たことがありませんでした。あなたがどう思っているのかまるで想像ができませんでした。あなたが謎めいているということではなく、つまるところ、私にはあなたが空虚に見えたからです。あなたはいかなる願望も欲望も、さらには感情すらも抱いていないようでした。だからこそみんなあなたに夢中だったのでしょう。あなたはまるで鏡のように、あなたに向けられた憧れを彼女たちにはね返していたのです。

私もあなたに何か書きたかった。二度か三度、自分の部屋に閉じこもって、あなたに向けた言葉を見つけようとしましたが、どうしてもできませんでした。自分の中で起きていることをうまく言い当てることができなかったのです。その何か、その感情は、心の中に不透明なまま、舌足らずの状態でとどまっていました。他の女生徒たちがうらやましかった。彼女たちはあなたに手紙を書く術を知っていて、ためらいなくあなたに捧げものをすることができたのだから。私とは異なり、彼女たちはなんら気づまりを感じることなく、自分の心がささやく言葉に耳を傾け、それを実演してみせることができたのです。

夏がやってきました。うだるような暑さに耐えかね、片手で必死に自分を扇いでいる女生徒もいました。全開の窓から重たい空気が漂ってきます。その空気に乗るようにして、あなたがコートでボールを打っている音が聞こえてきました。リズミカルな軽い音で、私はそれを聞いているのが大好きでした。あなたがラケットで打ち返すと、ボールはうれしそうに飛んでいきます。私はあなたがフォアハンドとバックハンドを繰り出している姿を想像しました。この暑さに汗だくになりながらも、あなたが集中力を切らすことはありません。真夏日とあなたは一心同体で、あなたがボールを打ち返し続ける限り、暑さが和らぐことはないのだと、私は心の中で思いました。どうしてかはわかりませんでしたが、その音を聞くと私はほっとするのでした。

ある日、あなたがテレビに映っているのを見ました。あなたが出場していたジュニア選手権の試合が中継されていたのです。解説者たちはあなたのことを将来有望なアスリートと紹介していて、カメラマンはあなたを大写しでとらえていました。突然、あなたの顔が違うものに思えました。まるで見知らぬ人であるかのように。試合が始まると、あなたはとても厳しい様子になりました。私は画面の前で両手を握りしめ、少しでもあなたの力になればと、自分の力を振り絞るようにして応援しました。

学校ではあなたはますますちやほやされていましたね。女生徒たちはみんなあなたにいかれていました。まるであなたが彼女たちの存在理由であるかのように。あなたはこのいかめしい高校の輝かしい星で、彼女たちを照らしてくれる唯一の人物だったのです。

夏のさなかにあなたの誕生日がやってきました。ヴァカンスの時期でしたが、試験に備えて私たちは高校に通い続けていました。誕生日のその日、熱狂的なファンたちがあなたの誕生日を祝おうと校内の壁という壁に貼り紙をしていましたね。貼り紙にはあなたの名前が色とりどりの文字で書かれていたっけ。彼女たちはいつもあなたのことを話題にしていました。ファンクラブのようなものまで作っていて、あなたに対する憧れの気持ちだけをよりどころにつながっているのではないかと思ったものです。その日、休み時間のあいだに彼女たちはテニスコートにつめかけ、あなたに花束や蠟燭を立てた巨大なケーキや小さなプレゼントを山ほど贈ったのでした。彼女たちは声を張り上げて「ハッピーバースデートゥーユー」を歌い、私も遠くから彼女たちを真似て、そっと口ずさんでみました。クラブの他の選手たちは長い拍手を送り、あなたは蠟燭を吹き消しました。

夏の暑さがテニスコートに集中砲火を浴びせてでもいるかのように、ケーキのクリームが溶け始めました。あなたのファンもあなたも、まるで犬のようにはあはあえいでいましたね。実は遠くから見つめていた私もそうだったんです。

＊

夏の終わり、私は初めてあなたを校外で見ました。私は市街地にある書店から出て、帰宅するためにバスに乗ろうとしていたところでした。あなたはすぐそこのバス停にいたのです。あなたはある女子と手をつないでいました。私は声をかけるべきか悩みました。そのときまで私たちは言葉を交わしたことがなく、あなたにわかってもらえるか自信がありませんでした。ところが、いつのまにか私はあなたの肩に手を触れてしまっていたのです。

あなたはびっくりしたようでしたが、もっとびっくりしていたのは横にいた女子でした。彼女はとっさにあなたの手を放しました。あなたとは対照的に彼女は色白で、筋肉がほとんどないほっそりした腕をしていました。最初、彼女は警戒心むき出しで私をじろじろ眺めていましたが、私が挨拶をすると、いくらか友好的な様子になりました。その顔に見覚えがあったのですが、どこで見たのかは思い出せませんでした。私たちは言葉を交わすでもなくしばらくその場にたたずみ、ついでバスがやってくると、私はそれにすばやく乗り込みました。街並みが流れていきましたが、何も目に留まりませんでした。しばらくして間違ったバスに乗ってしまったことに気づきましたが、既に市街地からは遠く離れてしまっていました。私は次のバス停で降り、反対方向に向かうバスに乗るべく通りを横断しました。ずいぶん待たされました。ようやく帰宅したときには、あたりはすっかり暗くなっていました。

それからまもなく、私はあのときの女子と高校の廊下ですれ違いました。彼女はすぐに私に気づき、微笑みながら私に声をかけてくれました。「こういうタイプの女の子が好きなんだ」と、私は思わずにいられませんでした。彼女は上級生の徽章《きしょう》をワイシャツにつけていました。私はどうにか彼女に微笑み返すと、下を向いてその場を離れました。

＊

ある晩、一番の真夏日に私はあなたの夢を見ます。夢の中で私はあなたと会う約束をしています。私は家にいてシャワーを長く浴び、それから一番美しい服を選ぼうと、すべての服を床やベッドの上に並べます。私は一着ずつ洋服に袖を通すのですが、その姿を鏡に映して見るたびにみっともなく滑稽だと感じます。何度も何度も服を着替え、そのせいで大量の汗をかきます。私はシャワーに戻り、身体に石鹸をつけると、もう一度髪を洗い、入念に流し、身体を乾かします。私は服を一着ずつもう一度試着します。さまざまなスカート、ズボン、シャツ、タンクトップ……。待ち合わせの時間が近づいてきますが、服がなかなか決まりません。しまいには何もかも脱ぎ捨ててしまい、皺くちゃになった服を床に放ったまま、私は裸で家の外に飛び出します。あなたは通りで私を待っていて、私があなたのほうに駆け寄るのを眺めています。あなたの目が私の赤くなった顔から胸の紫がかった先端に、ついで私の丸いお腹や黒い恥丘、痩せた脚に移っていきます。私が目の前まで来ると、あなたは私を抱きしめます。そのせいで呼吸が乱れてしまいます。暑さはどんどんひどくなっていくようです。毛穴という毛穴から汗が溢れ出していきます。毛穴は大きく開き、体内のあらゆる水分が流れてしまう気がします。あなたの指が私の湿った背中から滑り落ちます。困惑すればするほど、私の身体は焼けるように熱くなり、さらに多くの汗が溢れ出します。この液体がどこからやってくるのか、私にはさっぱりわかりません。その瞬間、私は目を覚まします。夜の暑さは息が詰まるほどで、シーツはぐっしょり濡れています。こめかみががんがんします。私は自分の部屋から抜け出し、両親を起こさないようにつま先立ちで歩いてシャワーに向かい、出ると頭にタオルを巻きつけて居間のソファに身をうずめます。私はそこにとどまったまま動きません。そのまま太陽が昇るのを待っています。

＊

教室でクラスメートたちが何やら小声でささやき合っています。私はただちに何かよくない空気が漂っているのを察知します。私は机に突っ伏し、頭を両腕に突っ込むようにしています。かつてないほどの疲労を感じます。少しずつ周囲で交わされている言葉やセリフが聞こえてきます。あなたの名前が何度も聞こえてきますが、その調子にはどこからみがましいところがあります。どうやらあなたたち、バス停の女子とあなたが一緒にいるところが見つかったようです。あなたたちはキスをしていたのでした。彼女たちの話を聞きながら、私は夢の終わりについて考え直します。夢の細部がみんなの声やそこににじみ出る嫌悪感と混ざり合います。彼女たちの攻撃的な言葉の波がじわじわと私を覆っていきます。相変わらず机の上で身を丸めながら、私は墓の中にいるような感じを受けます。

数日後、あなたは私が一度も見たことがない服装で登校します。ショートパンツにポロシャツ姿ではなく、普通の制服。膝まであるマリンブルーのスカートをはくと、あなたの脚という感じがしません。手首のところに包帯が見えます。あなたは怪我をしたのでした。これからあなたはみんなと一緒に教室にいなければならず、もうコートに避難することはできません。あなたの机の上には封筒や繊細に包まれたプレゼントの代わりに修正液であざけりの言葉が書かれています。あなたのところに駆け寄ってきて、宿題を教えたり、配布されたプリントを渡す女生徒はもうひとりもいません。かつてみんなが競って座ろうとしたあなたの右側の席は、今のところ空いたままです。休み時間になると、他のクラスの女生徒たちがやってきて、あなたを指さして笑います。あなたは誰にも話しかけず、身動きしません。その顔はこわばっていて、何を考えているかわかりません。

夏が終わり、秋がやってきます。もはや窓は開けっぱなしになってはいません。かつてはあなたがボールを打つ音が何時間も聞こえたものですが、それが突風の音に取って代わられました。今やあなたは迷子になったように、教室の私の目の前の席にいます。私は初日のようにあなたのうなじを見つめます。あなたの焼けた肌はもうほとんど輝いていません。

＊

授業が終わったあと、私は教室に残っています。他の生徒たちが帰るのを待ち、それから立ち上がると、窓辺に向かいます。下に降りた彼女たちは、午後のあいだの長い拘束から自由になり、再び活発に動き始めます。彼女たちはグループに分かれ、爆笑したり、口を耳に当ててひそひそ話をしたりしています。彼女たちが正門に向かっていくにつれて、校舎に沈黙が訪れます。私は振り返り、机をひとつずつ観察します。ひとつひとつ異なる顔が頭に浮かびます。まるで机とそこに座る人物を切り離すことができないかのように。

文房具入れからカッターを取り出し、刃を出すと、私はあなたの机に近づきます。机の表面を指先で撫でてみます。他の生徒たちが残したからかいやあざけりの言葉を読んで、あなたはどう思ったのでしょう？　あなたの表情からはいかなる感情もうかがうことができません。私はカッターの刃で机をひっかき、それらの言葉を注意深く取り除いていきます。それらはぼろぼろとはがれていき、何の意味もないただの白いかけらになります。息を吹きかけると、それらは散り散りになり床に落ちていきます。机は再びきれいな状態に戻りますが、それでも年度の始めと同じというわけにはいきません。私がつけた大小の傷がいっぱいに刻まれています。私は机をまじまじと眺め、もう何も残っていないことを確認すると、私の机をあなたの席の横に移動させ、立ち去ります。

翌朝、教室に入ると、なじみのあるささやきが聞こえます。けれど、今回話題にのぼっているのはこの私です。みんなが悪意のあるまなざしを私に向けます。私の机は既にあらゆる類のあざけりの言葉で埋めつくされています。私の背中には丸めた紙がいくつもぶつけられ、後ろからぷっと吹きだす声が聞こえます。

あなたが教室に入ってくると、あらゆる視線があなたに向けられます。あなたは誰にも注意を向けることなくかつかつと歩き、そっと私の横に座ります。あなたの目が私を見つめるのが感じられます。私はあなたのほうに顔を向け、あなたを見つめ返します。

突然、乱気流のようなものに襲われます。あなたがいつも感じている乱気流を私もまた感じているのですね。私の目の前には外がどれだけ荒れていようとも常に穏やかなこの目があります。私が愛しているこの目が。

聴覚

OUÏE

胎児の五感の中で最も鋭いのは聴覚らしい。母親の循環器系や消化器系が立てる音が聞こえているのだという。胎児に選択の余地はない。何か遮断してくれるものがあるわけでもなく、不明瞭な雑音に直接とり囲まれている。母親の声、そのリズムやイントネーション、さらには外界の雑音。それらが羊水を通じてごちゃまぜのまま押し寄せる。ところが、ひとたびこの世に生まれ落ちると、人は自分の鼓動しか知覚できなくなる。もうひとつの心臓は自分のものではなく、そこから離れ、たったひとつの心臓とともに生きていかなければならないことを理解するのだ。

母と私は小さなアパートで暮らしていた。仕事を終えて帰宅すると、母が真っ先にしたのは、リモコンを手に取り、居間のテレビをつけることだった。ただいまの挨拶だってほとんどなかったくらいだから、今日は一日どうだったと訊ねることなんてなおさらだった。メインのテレビがつくと、母は自室に着替えに行き、そこでも小さなテレビをつけ、それからキッチンにやってきて、壁に備え付けのラジオのスイッチを入れた。ラジオはトイレにもあって、遅かれ早かれつけられることになっていた。それはトランジスターラジオで、アンテナが最大まで伸ばされていた。極小のスピーカーには埃が厚く積もっていて、周波数の最も低い番組しか拾わず、それも通風孔の雑音と混ざり合っていた。複数のテレビやラジオから流れてくる番組には共通点などなく、てんでんばらばら。居間のテレビで大衆向けの人気番組がかかっていたかと思えば、母の部屋ではニュースが流れ、キッチンではバロック音楽が、トイレの狭い空間ではヘビーメタルが鳴り響いていた。それは音の寄せ集めというよりは不協和音で、ある番組と別の番組を聞き分けることすらできなかった。

母にテレビやラジオの音量を下げてくれとお願いしたことは一度もなかったし、消してくれと頼むことなどもってのほかだった。この途切れることないBGMは、いわば母と私を分かつ仕切りだった。母は私にとって近寄りがたい存在だった。

大昔に一度、私はこの騒音のせいで泣いたことがあった。それが私の最初の記憶だ。私は揺りかごに入れられ、天井を眺めているのだが、突如として四方八方から私を取り囲んでいる音のカオスに気づく。まるで棘のように音が突き刺さる。私はわめき始めるが、誰かが心配して駆けつけるわけでもなく、棘は耳を貫通し続ける。徐々に叫び声を大きくしていった私は、やがて混乱のさなかで叫び声が周囲の雑音から自分を守り、叫び声の中にいることで私のものではない音から逃れられると気づく。

それから何年も経って、母からもらったお小遣いを自由に使えるようになったその日、私はショッピングセンターにイヤホンを買いに出かけた。家を支配していた騒音にひとつの音源で、たったひとつの音楽で対抗してやろうと思いたったのだ。最初に目についたイヤホンを手に取り、私はレジに向かった。列に並んでいるあいだ、胸がどきどきし、手が汗ばんだ。理由はわからないが、レジでイヤホンを買うのを断られたらどうしようと猛烈に怖くなったのだ。レジの店員の前に立つと、私はぎこちなく微笑んでどぎまぎした気持ちを隠そうとした。レジの店員は関心なさそうに私を眺め、レシートと一緒にイヤホンを渡した。

家に戻ると、私はすぐさまトイレに逃げ込んだ。母は一足先に帰宅していて、テレビとラジオはすべてついていた。私は便座に座り、イヤホンを慎重に耳に装着した。まるで雪の層に覆われでもしたかのように周囲の雑音が弱まった。続いて、どうにかこうにかイヤホンを小さなトランジスターラジオに接続した。最初にぱちぱち、ぷつぷついう音が聞こえ、それから一気に音楽が流れ込んできた。そのとき聴いた曲をその後どうしても見つけることができなかった。覚えているのは、それがクラシック音楽で、シンフォニーのようなものだったということだけ。そのときはそんなことどうでもよかった。耳に次々と流れ込んでくる音の純粋さに、それまで一度も感じたことのなかった甘美さに魅了された。アパートを支配していた騒音はもう聞こえなかった。私が感じていたのはかくも特別なこの音の数々であり、このリズムであり、このメロディだった。それらがはっきりと私のもとに届いたのだ。私は人生で初めて、「音楽」という言葉の本当の意味を理解した。

その日から私はトイレのラジオを独り占めし、母は代わりのトランジスターラジオをすぐに用意した。それから、私はポータブルCDプレイヤーを買い、CDショップに行った。棚に沿ってぶらぶら歩きながら、これらの作曲家や歌手の音楽は何百万もの耳に聴かれうるのだと感心した。幻のようなものが見えた。数えきれないほど多くの耳が身体から離れ、音楽を目指して飛んでいく。その中に混じって私のふたつの耳もある。どのディスクを選べばいいかわからなかった。私はすべての音楽を聴きたかった。これまでに作曲されたすべてのメロディを自分のものにしたかった。

店内を何時間も物色した後、私はとうとう三つのディスクを選んだ。決め手になったのはジャケットだった。最初のディスクのジャケットはグランドピアノを弾いている音楽家の写真だった。彼は白いワイシャツのボタンを半分外し、黒いネクタイをほどいて肩にかけていた。しかし、特に気にかかったのは顔の表情だった。それは恍惚としているようでも苦しんでいるようでもあった。ふたつめのディスクのジャケットには古い絵画から拝借してきたような女性が描かれていた。彼女は巨大な金色の五芒星から浮き上がるように姿を現していた。その目は上を向いていて、手のしぐさから彼女が法悦にひたっていることがうかがえた。みっつめのディスクのジャケットでは、三人の男性が並んで空中をのんびり歩いていた。彼らはいかにも軽やかで幸せそうだった。歌はどれも知らない言葉で歌われていて、それもまた私がそれらのディスクに惹かれた理由だと思う。

私は全曲を覚えてしまうまでこれらを聴き込み、それからまた店を訪れ、他のディスクを買った。ＣＤプレイヤーを常に持ち歩いた。耳からイヤホンを外すことはほとんどなかった。

満員のメトロに乗り、乗客の群れに囲まれても、私は透明になって世界にただひとり存在している気分だった。時折私に視線が向けられることもあったが、もはや気にもならなかった。音楽が私を包み、他の人の手の届かない安全なところにいる気がした。一方、音楽は周囲の乗客たちにも知らず知らずのうちに影響を与えていた。メトロが揺れるリズムに合わせ、彼らは音楽に乗せられるように神秘的なダンスを踊っているのだが、それに気づいているのは私ひとりだった。

メトロから降りて外に出ると、慣れ親しんだ道が突然見知らぬ場所に変わっていた。まるで何もかもが音楽の効果で補強されたようだった。歩道はより堅固に感じられ、車の車体はよりぴかぴかと輝き、雲はより鮮明に、光はよりまぶしくなった。どうでもいいことが真新しく際立って見えた。側溝を空のペットボトルがカラカラとテンポよく転がっていくのを見て驚き、リードにつながれた犬や鳩の動きが思いがけなく何かと完璧にシンクロしていてはっとするのだった。見えもしない音楽がどうしてこうした効果を及ぼすのか、さっぱりわからなかった。私は音楽が周囲のすべてに魔法のような力を及ぼしているのだと思うことにした。

やがて母が中学に呼び出された。教室に入っていく前に、担任が母に小声で「娘さんに問題がありまして……」と言うのが聞こえた。私は教室の外に残り、誰もいない廊下で待っていた。窓越しに沈む夕日が壁という壁を赤く染めていくのが見えた。私の影が数メートルもの長さになっていた。教室から出たら母はなんて言うだろう。イヤホンを外さないという事実を正当化する説明を、私はいくつも準備した。これは母のせいなのだ、家で絶えず聞こえる雑音が私の身体に、頭に襲いかかるからなのだと言おうとさえした。私はできるだけ冷淡に感情を込めず言ってやろうと待ち構えていた。こんな状況には客観的に我慢がならない、他の誰だって私と同じように苦しんだはずだとわからせてやるのだ。

しかし、教室から出てきた母は私の前を無言で通り過ぎ、私に目をくれることすらしなかった。一瞬、廊下の床に母の影が私の影に並ぶように伸びた。ふたつの影を見て、よく似ているなと思った。私は壁にもたれ、カツカツとヒールの音を立てながら、母が遠ざかっていくのを見つめていた。その音は私のイヤホンから流れてくる音楽の拍子を取るように響いた。そのとき何を感じたのかよく覚えていない。失望や苦痛といったものではなかった。おそらく私は、母があるセリフやちょっとした言葉をかけたり、笑顔を向けたり、なんらかの身振りをしてみせてくれるなりして、何もかもを変えてくれることを期待していたのだと思う。

しばらくして、私は中学に行くのをやめた。宿題もなくなったし、同級生たちを避けたり、教師たちと対立することもなくなった。家の外に出る機会も次第に減っていった。身の回りのものごとが容赦なく遠ざかっていき、やがて消滅すると、最後には音楽だけが残った。私の日々はシンプルだった。しなければならない義務もなくなり、私は音楽に没頭した。朝から晩まで音楽をうっとりと聴いて暮らした。やがて私と音楽のあいだには遊びのような関係があることに気づいた。私たちは交互に追いかけ、追い抜き、時にはちょっと反発し合うこともあるのだが、結局はお互い惹かれ合うのだ。それはまるで木陰の光と影の戯れのようだった。しまいには私たちは溶け合い、音楽と私の区別はもうつかなくなってしまっていた。

中学に戻れと母からうるさく言われるようなことは一度もなかった。母は私が部屋に引きこもっていることを事実として受け入れているようだった。仕事から戻ると、母はいつものようにテレビとラジオを全部つけた。何も変わっていないようだった。イヤホンを耳にしたまま私は母を見つめた。時折、母が私を見つめ返すこともあったが、そのまなざしにどんな意味であれ見いだすことはできなかった。

ある日、私は耳の奥にかゆみのようなものを感じた。かゆいところをかこうとイヤホンを外すと、黄ばんだ液体が流れた。翌日、いらいらが募り、病院に行かなければならなくなった。医者によれば中耳炎だそうで、薬を処方してもらった。医者はもうイヤホンをつけてはいけないと付け加えた。診察室を出た私はさっそくイヤホンをつけた。その医者の診察を受けることは二度となかった。数週間経つと、痛みは和らいだが、次第に耳が遠くなっていった。耳の中に厚いかさぶたができ、私はそれを毎日はがすのだが、かさぶたは夜になるとまたできるのだった。日増しに音量を上げていったが、音楽は相変わらず遠のいていった。数カ月後、音楽は完全に消えてしまった。

私は耳が聞こえないことを甘受した。聞こえなくなったおかげで、イヤホンをしていたときよりもさらに周囲の世界の雑音から孤立することができた。はっきりとしないとても低い音がまだいくつか聞こえた。何かが擦れるような、かすかな脈拍のような音で、邪魔にはならなかった。それはいわばもうひとつの音楽だった。ディスクよりもずっとむき出しで、ずっと根源的な音楽。それは私の内側から生じる音楽で、私の身体が分泌しているものだった。

その頃、幼少時のある記憶がしばしばよみがえった。七歳か八歳だったと思う。母が私を混雑したレストランに連れていった。客たちはお互いにわめき合い、叫んだり、大声で笑ったり、どなりつけたりしながら、食べ物や飲み物を注文していた。皿の音や椅子を動かす音がそれに付け加わった。給仕たちはフェンシング選手さながらのしなやかさで店内を動き回っていた。私たちは隅の席に案内された。すぐ隣ではあるカップルが食事をしていた。彼らにはどこか私たちと異なるところがあることに気づいた。彼らはひと言も話をせず、とても静かに食事をしている。その表情はとても穏やかで、時折、かすかな微笑が交わされる。まるでレストランの雑音が彼らには聞こえていないようだった。ふと、女性のほうがナイフとフォークをテーブルに置き、手と指をすばやく動かした。彼らは耳の不自由な人たちで、手話で会話をしていたのだ。

あのカップルから漂っていた心からの平穏を内側からつかむためには、私自身、耳が聞こえなくなる必要があったのである。

その数年後、私は母の家を出た。万事速やかに進んだ。私は障害者手当で飛行機のチケットを買い、必要なものだけ荷物にまとめ、残りはすべて置いていくことにした。

私ははるか遠く北へ向かった。飛行機から降りると、寒さのあまり顔が鞭で打たれたように痛んだが、それも数分で慣れた。

彼が空港まで迎えに来てくれた。彼のことはほとんど覚えていなかったが、それでもすぐにわかった。日に焼けた顔にとても切れ長な目、虹彩は深いグレーだった。背はそれほど高くなく、私より少し高い程度だった。耳が聞こえないことをわからせようと目をギュッとつぶって耳を指さすと、彼はごく自然にうなずいた。まるでそんなことは先刻承知だよとか、そんなことは大した問題じゃないとでも言おうとしているかのように。

私たちは彼のトラックに乗った。後ろの荷台には缶詰やグリンピース、マグロやイワシ、アーティチョークが積まれていた。道中、彼はひと言もしゃべらなかった。ひょっとしたら単にひとりで、音を出さずに運転することが習いになっているのかもしれない。あるいは、耳の聞こえない女に話しかけても仕方がないと思ったのかもしれない。私は車に乗っているあいだ、彼のほうを向き、彼を見つめて過ごした。横から見ると、彼の顔はずっとよそよそしく、決然としていて、冷たい印象だった。鼻はまっすぐとがっていて、唇は薄く、ぎゅっと結んでいた。それは仮面などかぶっていない、この土地の風や光やまばゆいばかりの雪に慣れた男の横顔だった。時折、私の執拗なまなざしに気づまりになったのか、彼はしばらく私のほうに顔を向けた。すると、私の目の前にはあの親しみやすい顔が現れるのだった。はるか遠くにあるようでいて、安堵感を与えてくれるあの顔が。

狭い道を延々と二時間走らせた後、彼はとても簡素な家の前にトラックを停め、着いたと合図した。彼は私の荷物を屋内に運び、暖炉でくすぶっていた火をかきたてた。それから、部屋の隅に置かれたベッドを指さし、両手を合わせて頬につけ、目をつぶって眠る真似をした。続いて、彼は小さなソファを指し、手のひらで胸をポンポンと叩いた。私がうなずくと、彼は外に出ていき、私はひとり家に残った。

私は周囲を見回した。必要最低限のものしかなかった。この空間は彼に似ているなと思った。額に入れられ暖炉の上に置かれた写真に近づいた。小さな女の子が笑っていた。ずっと昔、彼女はこの写真を撮影した人物に微笑みかけたのだろう。しかし、今日、彼女が微笑みかけているのはこの私だった。私は火の熱にのぼせるまで、写真の前にとどまった。両の頬が焼けるように熱かった。なんの前触れもなく疲れがどっと押し寄せ、私はベッドに横になった。

どれくらい眠ったのかはわからない。目を覚ますと、背中がつっぱっていて、耳鳴りがした。声だかささやきだかの夢を見たが、何が聞こえたのか覚えていなかった。私は落ち着きを取り戻すまでベッドにとどまり、それから立ち上がってすべての窓を開けた。何時なのかさっぱりわからなかった。この地域ではこの季節、太陽が一日中ずっと低い位置に出続けている。雪に反射した光線に乱暴に照りつけられ、思わず涙が込み上げた。私はまぶたを下ろし、冷たい空気を深く吸い込んだ。自分自身の身体に抱いていた意識が突然鋭くなった。

ここでは何もかもが白で覆われている。あらゆる景色が雪に溺れている。その色も輪郭も特徴も雪に消し去られてしまっている。動物たちもまたすべて真っ白である。ネズミの毛皮、ヘビの鱗、鳥の羽。それらは時が経つにつれて白くなり、雪に溶け込み、捕食者たちの爪を逃れる。影までもがすべて白く見える。時々、私も最後には雪のように真っ白にならないだろうかと考えてみる。目を凝らしてみると、髪の毛が以前よりも透明になっている気がする。

この真っ白な世界にいると、私は自宅にいるようにくつろぐことができる。こちらとあちらを分ける境界はもはやなく、昼と夜、ある一日と別の一日を隔てる区別ももはやない。

彼が一緒に狩りに行こうと誘ってくれた。動物を殺し、それを食べるのは人生で初めてのことである。私は無数の問いを自分に向ける。私の銃弾が当たったら、獣はどう反応するだろう？　その血は雪の上にどんな痕跡を残すだろう？　毛皮はどんな匂いがするだろう？　肉はどんな味がするだろう？

母のことを思い返す。母が聞きたくなかったもの、テレビとラジオの騒音で覆い隠そうとしたものとはなんなのだろう。私がいなくなって母は寂しく思っているだろうか、そして私は母がいなくて寂しいのだろうか。

時々、私は母にこの景色を見せてあげられたらいいのになと思う。もしかしたらこの景色が母に何かインスピレーションを与えるかもしれない。この景色が彼女を変えてくれるかもしれない。

少しずつこれらの問いが消えていく。そんな問いにもはや意味はない。私の顔がこわばっていく。

私はここで一動物の生を生きることを学んでいる。自分で獲ったものを食べ、排泄し、呼吸し、眠る。すると、沈黙が広がっていく。ゆっくりとだが確実に、私は自分の居場所を見つけようとしている。

一度

EINMAL

君に再会した瞬間をまるで昨日のことのように覚えている。大使館の仕事の初日だった。新任者を紹介するための短い会合の場に、君は他の人たちと一緒に出席していた。君が名前を告げて私に手を差し出すと、私はお決まりの儀礼的な挨拶を返した。その他の職員も順番に自己紹介をしたが、私の頭の中には君の名前だけが鳴り響いていた。君がたった数歩のところに当たり前のように立っている。この地にやってきた最初の日からその日にいたるまで何年も探し続けた君が。

＊

恐ろしく困難な時代だった。この地に来るために飛行機に乗るにしても、何度も乗り継がなければならなかった。直線距離は大したものではなかったが、領空を閉ざしている国がいくつもあったため、飛行機は迂回を余儀なくされた。時折、燃料を補給するためにどこだかよくわからない場所に着陸し、二、三時間してからようやく再離陸できるというありさまだった。

乗客の大部分と同じように私はそれまで一度も飛行機に乗ったことがなかった。離陸の際に感じた猛烈な不安と、機体が分厚い雲を突き抜け、突然ぱあっと空が開けたときの驚きを今でも覚えている。円窓の向こうに広がるあの多様な青の色合いに感銘を受けた。空では時間の流れが異なっていた。昼と夜はもはや地上とは同じ役割を果たしておらず、同じ影響力を私たちに行使してはいなかった。日没後、円窓のシャッターが下りるや、機内は人工的な明かりに浸かり、私はしびれた脚を抱えながら、時間が固まってしまったような感覚を抱いた。さまざまな匂いが空中を漂っていた。インスタント食品、温められたアルミニウムの容器、タバコ、乗客のあらゆる体臭。旅が長引くにつれて、それらの匂いがはっきりと感じられるようになっていった。

最後の経由地で、ある乗客が飛行機を降りると言い張った。安全上の理由から通常は認められていないことだった。二人目、三人目が最初の乗客に加わると、搭乗員たちは明らかに疲弊した様子で、とうとう折れた。乗客のほとんど全員が立ち上がり、機内と滑走路を接続するボーディングブリッジから降りた。機外に頭を出した瞬間、砂をはらんだ風が私の顔を叩きつけた。周りを見渡してみても、滑走路の表面とそれを四方八方から取り囲むように存在する砂漠のほかは何も見えなかった。遠くに灰色がかった陰鬱な砂丘が連なって見えた。誰も何も言わなかった。この茫漠とした光景を前にして、発せられるのを待たずに言葉が飲み込まれてしまったようだった。

私たちが機内に再び乗り込むと、飛行機はようやく離陸した。機内には以前よりも深い沈黙が立ち込めていた。私は最後の飛行時間を夢とうつつの間で身を揺らしながら過ごした。周りの乗客たちは憔悴しきっているようだった。数時間後、飛行機が目的地に到着すると、私たちは一列に並んで降りた。私たちの間に親近感のようなものが生まれ、それが表面的な部分だけでなく、もっと深い部分にも滑り込んでいる印象を受けた。ところが、空港に着くや、私たちのグループは散り散りになってしまい、挨拶ひとつ交わさなかった。

市街地に向かうバスの中で、私は運転手の後ろに座り、リュックを膝の上に置いた。そのとき初めて私は自分の荷物の軽さに衝撃を覚えた。とはいえ、その中には滞在に必要なすべてが入っていた。こんなにも軽いリュックだけを背負い、母国を離れ、家族のもとを去り、そして過去を捨て去ったのだと、私はしばらく感心していた。

窓ガラスの向こうを流れていく景色を見つめた。木々が母国よりも弱々しくすらりとしていた。からからに乾いた葉がかろうじて枝にくっついていた。道路の脇、車の上、屋根の上と、いたるところに雪が積もっていた。バスが街に到着したが、開いている店も、通りを歩いている人もほとんど見当たらない。この街は幽霊都市で、ここで暮らしているうちに私自身幽霊になってしまうのではないかと、独りごちた。そしてすぐさま、実はもしかしたら既に幽霊なのかもしれないと思った。

他の乗客たちは全員私が気づかないうちにバスを降りていて、車内にはもう運転手と私しかいなかった。運転手はこんなに近くから外国人を見たことがなかったのだろう。というのも、彼はバックミラー越しに一定の間隔を置いて私に執拗なまなざしを投げかけていたからだ。不意に彼が私を見ながら何かを言った。しかし、私はまだこの土地の言葉を理解することができず、どぎまぎしながらうなずくことしかできなかった。私は次のバス停で慌てて降りた。

正しい方向に向かっているのか確信はなかったが、私は雪の中を進んでいった。私の後ろにできた足跡をぼたん雪があっという間に埋めてしまった。前も後ろも横も、すべてが真っ白だった。通りはだだっ広く、相変わらずひと気がなかった。私は自分がひとつの点に過ぎないという気がした。虚空のただ中に目印もなく存在している無意味で滑稽なただの点。私は夕暮れどきになってレジデンスに到着し、そこで君を見かけた。

君は建物の入口から数メートルほどのところにある、水の干上がった噴水の縁に腰かけていた。へとへとに疲れきってはいたが、私はすぐに君の顔が気にかかった。その視線は私が知らない何かを宿していたが、それが何なのかよくわからなかった。君は道に迷ったような様子で、まるで自分が今いる場所がわからないとでもいうように周囲を見回していた。

君の前を通り過ぎようとして、私は君のきゅっと結ばれた唇ととがった鼻、寒さで赤くなった頬を見つめた。すると突然、君は崩れるように倒れた。まるでその瞬間を待ち受けていたかのように。

その光景はあまりに非現実的で、今起きたばかりのことを理解するのにしばらく時間がかかった。君は噴水の縁によりかかるようにして地面に横たわり、顔が雪にさらされていた。私はひざまずくと、君に話しかけ、そっと揺すってみたが、君は身動きひとつしなかった。そこで私は手助けを求めようと、君の身体を起こし、両腕で抱えてレジデンスの入口まで運んでいった。君の身体の重みで、私の足は雪の中にすっぽりとはまってしまった。

建物の内側はほとんど明かりがついていなかった。管理人室はもぬけの殻だった。私は目についた最初の廊下に駆け込み、すべてのドアを叩いて回ったが、誰も姿を現さなかった。それまで嗅いだことのなかった食べ物の匂いがした。その匂いが君の身体からたちのぼるシャンプーと石鹸の匂いと混ざった。君の頬に落ちた雪のかけらがみるみる溶けていった。

ようやく開いているドアを見つけたが、その向こうに広がる部屋は空っぽだった。私は君をベッドに横たえ、耳をそばだてた。呼吸は弱々しかったが、乱れてはいなかった。君は眠っているようだった。私は枕元のランプの明かりをつけて君の顔をまじまじと見て、君が私と同じ場所から来たのだと思った。どうしてかはわからないが、間違いない気がした。

どうやらその後疲れきって眠ってしまったようだった。目を覚ますと、私はベッド脇の床で縮こまっていた。部屋には私ひとりしかいなかった。窓に近寄り、真っ黒な夜の中を静かに舞い落ちる幾千の雪のかけらを見つめた。

＊

この最初の滞在は数ヵ月だけの予定だったが、私は結局三年間残った。その間ずっと、私は勉学に励み、その部屋で暮らした。今になって思えば、いつか君と再会できるかもしれないという思いから、私は予定より長く滞在することにしたのだろう。毎晩、レジデンスに戻ってくるとき、到着したあの日のように噴水の縁に腰かけた君を再び見かけることができるのではないかと期待した。仮にそうなったとして何をしたかったのか、君に何を言いたかったのか、今ではもうわからない。結局、君に再会することはなかった。君はきれいさっぱり消えてしまった。まるで最初から存在していなかったかのように。時が経つにつれて、そのにわかには信じられない光景について自分の記憶を疑うようになった。ひょっとしたら私はある種の幻覚に苛まれていたのではないか、ここに来るまでの長旅で積み重なった疲れのせいで精神錯乱を起こしていたのではないかと、心の中で思ったものだ。

三年目の終わりに母国に戻ることを決断したとき、私の荷物は到着したときよりも多くなっていた。本に衣服、ノート、書類、ディスク、蚤の市で買ったオブジェの数々。それなりの数を処分し、その他のものは発送していたが、それでも私が到着したときに背負っていたリュックに入れるにはまだあまりに多くのものが残っていた。

母国に戻ると、あらゆることが足早に次々と連なっていった。私は公務員試験を受け、職を見つけると、将来有望なキャリアの第一歩を踏み出した。それから結婚し、家を買い、子どもをふたりもうけた。三十年がつつがなく流れた。君のことを考えることはほとんどなくなったが、完全に忘れたわけでもなかった。君のことは定義不能な記憶として心にとどめていて、時々その記憶が表面に浮上することもあった。とはいえ、私がここに赴任したとき、君と再会することになろうとは夢にも思っていなかった。

そして今、私は大使館で君が属する部署を率いていた。私たちは礼節を守り、適切な距離を保っていた。三十年前の冬のあの晩、君が気絶したときのことを覚えているかなどと、訊くことはなかった。会議があれば、私は君がお役所言葉を話すのに注意深く耳を傾け、廊下や事務所といった他の場所ですれ違うことがあれば、君のささいな身振りにすら目を光らせた。

＊

再び冬。私たちはふたりそろって出張で地方に出かける。夜行列車に乗って出かけ、現地に着いたら日中に用事を済ませ、その晩のうちに戻らなければならない。今日は十二月三十一日で、ほとんどの車両ががらがらである。

私たちの車室に到着すると、君は何も言わずに上の寝台に通じるはしごをのぼる。私も何も言わない。室内灯を消すと、君の寝台のライトが点いているのが見え、私は読書をしている君の姿を想像する。私は寝台に座ったまま、外のほうに顔を向けるが、窓に映る私の姿以外に大したものは見えない。ぼうっと座るひとりの男。

数時間後、乗客たちが新年のカウントダウンを始めるのが聞こえる。彼らの興奮は零時ちょうどに頂点に達し、それからすぐに静かになる。

私たちの車室はしいんとしている。まるで新年がまだ入り込むことができず、時間が石化し、私たちだけ列車の残りのすべてから完全に孤立してしまっているよう。他の乗客たちのどよめきが遠ざかっていく気がする。しばらくして君が明かりを消す。夜のあちこちを雪がひらひら舞っているのが見える。

私はいつしか眠りにつき、目を覚ましたときには、日が昇り目的地に到着するところだった。私たちがやってきたのは母国からの移住者たちの年次会合で、私はスピーチをすることになっている。列車の中で夜を過ごしたことで疲れてはいたが、私たちは予約された集会場にどうにかこうにか身体を引きずっていく。

そこに到着すると、私は大部分の人たちが母国の同国人たちより色白で肌が厚いことに気づく。寒さと風のせいで体質が変わってしまったのだろう。彼らの様子は、この土地に生まれた人たちと同じくらいいかめしく飾りけがない。これから食事をしようというときになって、その場にいるほとんどすべての人たちが古くてもの寂しい恋歌を歌い始める。奇妙にもこの状況にしっくりくる気がする。彼らの発音はここで毎日話している言語によってかすかに変形をこうむっているらしい。大きな悲しみの波が会場全体に押し寄せる。地元の素材を使った伝統料理が用意されているが、味がよくわからない。何か大事なものが欠けているのだが、誰もそのことで気を悪くしている様子はない。周りでは会食者たちが飲み歌っている。彼らは母国を恋しく思っているのだ。

夕方ごろ私たちは集会場を離れる。外に出ると通りがあまりに静かで、雪が落ちる音さえ聞こえる。夜が今まさに街に忍び込もうとしている。

列車の出発までまだ数時間残っている。私は冗談めかして、新年なのだから新年らしく私たちもしゃれたレストランでお祝いをしなければいけないなと言う。君はうなずく。駅への道すがら、私たちは店を探すが、一軒も開いていない。そろそろ駅に着こうというところで、ようやく私たちはまるでぱっとしない見た目のスシのレストランを見つける。しばらく躊躇した後、私たちは入口のドアを押す。店内には青みがかって見える蛍光灯の明かりがあまりに寒々しく灯っている。客は私たちだけ。調理人と給仕が隅に座り、テレビの画面に釘づけになっている。彼らもまた外国人である。スピーカーから先ほどの歌と同じくらいもの寂しい歌が流れている。数分して調理人が立ち上がり、画面から目を離さずにメニューを持ってくる。プラスティック加工した大きな数ページのメニューで、手にしたとたん指にくっつく。

写真で見る料理はどれもあまり食欲をそそらない。マグロの刺身は赤というよりは茶色である。調理人が注文の品を調理しているあいだ、私はぼんやりと壁一面に備えつけられたレストランの鏡に映る自分の姿を眺める。黒よりも白や灰色の髪が多い。目はどんよりと濁り、顔は歪んでいる。

給仕が料理の皿を運ぶと、私たちは白ワインをちびちび飲みながら魚の刺身を咀嚼し始める。あまりいいワインではないが、魚を呑み込む役には立つ。私は君に、いつからここに滞在しているのかと尋ね、君は曖昧にずいぶん昔からです、と答える。他にも訊きたいことはたくさんある。どうしてここに来たのか、会えずに寂しい思いをしている家族や友人はいるのか、気候が厳しすぎはしないか。しかし、私はそれらをワインと一緒に飲み込む。ワインはゆっくりと喉を滑り落ちていき、私のお腹を温めてくれる。

食事が終わると、給仕が私たちに新年だから予定よりも早く店を閉めたいのだと告げる。蛍光灯の明かりが私たちの頭上でかすかに震えている。

私たちは駅舎に入り、待合室のベンチのひとつに腰を下ろす。待合室は大して温まっておらず、吐くたびに息が白くなる。旅行者たちが何人か自分たちの大きな荷物によりかかってうつらうつらし、野良犬が一匹ベンチの下で丸くなっているのが見える。彼らの横に並ぶと私たちはきっと場違いで、ここにいることがまったく不条理で、正当性のないことなのだと、私は心の中で思う。

自分たちを外側から眺めているような気がしてくる。まるで映画に出演しているようだ。支離滅裂で明確な筋のないシーンが連なり、ようやくこのシーンまで辿り着いた。私たちはふたり、この冷え冷えとした、壁の塗装がはがれかけ、照明がまぶしい待合室にいる。私たちの周りには数人の旅行者と犬、外は雪、はるか遠い街、異国。一年は始まったばかり。私は不可解な幸福感に満たされている。

まさにその瞬間、眠っている犬が軽いうめき声をあげる。いったいどんな夢を見ているのだろう。犬はほんの数センチだけ首をもたげると、再びそれを両の前脚の間にうずめる。

放火狂

PYROMANE

夜になると、私はこの塔の最上階から街を観察する。

見えるのは光。街灯にネオン、信号、車のヘッドライト、あちこちの大型ビジョンにぱっと映る閃光。街にはありとあらゆる光があり、それらは時に青白くゆらめき、時にまばゆく輝く。

人も見える。あるいは人間の形をした幽霊と言うべきか。幽霊たちは時にそれらの光を反射し、あるいは吸収したかと思えば、時に光に紛れてしまう。

乾いた風が身を切る。寒さがあまりに厳しいので、肉や血管や思考が鋭くなっている感じがする。

今夜は運がいい。

＊

毎朝、とても早い時間に目を覚ますと、私はメトロの駅に向かう。あたりはまだ真っ暗で、街灯が輝いている。道中、通行人よりは野良犬や猫やネズミと出くわすことのほうが多い。彼らはひと気のない通りを堂々と我が物顔で闊歩する。やがて夜が明け、少しずつ明るくなっていく。神秘的な深い青がまだ眠りこけている街を優しく包み込む。

私の一日はメトロの中で始まる。始発に近い列車に乗っているのは、特に移民たち。これから仕事に向かう者もいれば、仕事を終えて帰る者もいる。彼らの肌には、まるで皮脂のように疲労が貼りついている。暗い顔色の者はどんよりと暗く、明るい顔色の者は青白く見える。明らかに飲み明かしたと思われる者たちも見える。アルコールの作用で彼らのまなざしは時に痛ましく、時にうつろである。女たちの化粧は崩れてしまっている。これらの人々が願うのはただひとつ、家に帰ることだけ。何かの洗剤の匂いが前日のさまざまな匂いと乗客たちの息の匂いと混ざり合っている。

続いて、誰が着ても変わらない地味な単色のスーツに身を包んだ人の群れが乗り込んでくる。それとともにシャンプーとシャワージェルの匂いが、濃厚なシロップのように全車両に広がっていく。早朝のメトロは混雑しているが、誰ひとり話をしている者はいない。誰もが他の乗客に囲まれてひとりぼっちである。これらの人々はただなんとなく、世界中の誰よりも機械的に義務に従っているのである。

私はどの駅でも降りはしない。メトロが終点に到着しても席を離れず、反対方向に動き出すのを待つ。列車から降りなければならないときは、ホームを歩き回り、小銭が落ちていないかと、自動販売機の下のほうについている金属製の扉を指で押してみたりする。食事はホームのあちこちに置かれたゴミ箱を漁って済ませる。例えば、サンドイッチの残りやリンゴの芯や皺くちゃの袋に入ったチップスのかけら。黒ずんだバナナの皮が見つかることもあるが、筋張ったその皮を嚙むと、舌の上に渋い後味が広がる。飲み物はぬるくなって炭酸が抜けたコカ・コーラやコーヒーの残り。容器の底に固まった砂糖を舐める。

メトロの車内は寒くもなければ暑くもなく、乾燥してもじめじめしてもいない。そこでは人工的な時間が流れ、どこもかしこも均等に明るくする照明が外の世界のことを忘れさせてくれる。車両が私を揺すり、何もせずとも運んでくれるのがいい。疲れたら、気兼ねなく眠ってしまうこともできる。がたんごとんと揺れる座席でうとうとしながら、自分が海のただ中で束の間、断片的な眠りにつく孤独な船乗りだと想像してみる。波のうねりが私を脅かすと同時に、揺すってあやしてくれる。

日中は、ありとあらゆる種類の人間たちが入れ替わり立ち替わり乗り込み、混ざり合う。高校生に大学生、仕事はリタイアしたが暇つぶしに余念のない人たち。美術館や動物園や植物園に向かおうという子どもの集団もいて、教師や引率者は彼らを待ち受けている苦労に今から疲弊している様子である。さらには大きなスーツケースをいくつも引きずっている旅行者や労働者、清掃員、失業者。

傍から見れば、いずれの人も多かれ少なかれ異なっているのだが、実は誰も彼も完全に同じでしかない。彼らはゲームの規則に従って生きている。それは私がもう守らなくなって久しいものである。彼らは毎日身体を洗い、食べ物を買い、自分のベッドか愛人のベッドで眠る。仕事に行き、仕事から戻り、人と会って議論する。微笑み、笑い、愛し、時々我慢の限界が訪れ、発作を起こす。彼らを眺めていると、彼らの側にいた時代のことが思い浮かぶこともある。はるか遠い時代。前世の記憶さながらで、今となってはよく思い出せない。

彼らの大部分は私から逃げていく。礼儀から私の目の前でしかめっ面をすることこそないが、私の匂いに辟易して席を立つときに、彼らが無意識に眉をひそめるのが見える。時には彼らと目が合うことだってある。子どもも大人も勤め人もリタイアした人も、あっという間に私の近くから離れていく。だからといって、彼らを責めるつもりはない。彼らだって呼吸しなければならないのだし、私の匂いは単に彼らには耐えがたいのだろう。

はるか昔、私がまだ小学生だった頃、ある少年を見て、形容しがたい嫌悪感が込み上げたことがあった。それは新学期の初日で、何もかもが私にとって新鮮だった。カバンに鉛筆、ノート、クラスメート。私たちは教室で先生の到着を今か今かと待っていた。やがて先生が入ってきた。先生はある少年と一緒だった。その少年は見るからにどこか奇妙だった。始終鼻をぐすぐすやっていて、鼻水が顎のところまで垂れていた。先生が席につきなさいと言ったが、少年は動かなかった。そこで先生は教室の奥のとある席を指さした。私の隣だった。少年がこちらに近づいてくるにつれて、私の嫌悪感は募っしいった。口をぽかんと開け、目は薄い膜で覆われていた。鼻から垂れるねばねばした鼻水を舐めるのが見えた。少年が私の隣に座ると、私は顔を背け、息を止めようとした。できることなら逃げ出したかった。隣に座っていると、仲間だと思われかねない。それが恥ずかしかった。彼に汚染されてしまうかもしれない。そう考えると、パニックに襲われた。このまま何もせずにいたら、最後には彼そっくりになってしまうかもしれない。休み時間になると、私の恐怖は頂点に達した。先生が教室から出ていくと、私は金属製のシャープペンシルを手に握りしめ、立ち上がって新入りの真後ろに立った。彼の髪は短く刈り込まれていて、やけに白い頭皮が見えた。シャンプーの匂いがした。それから、自分でも何をしているのかよくわからないまま、私はシャープペンシルを彼の頭の上に振りかざし、一番柔らかそうな場所に一気に突き刺した。そのシャープペンシルは、そろそろこういうものを使ってもいいだろうと、母が新学期に合わせて買ってくれたものだった。少年は声もあげずにただ震えた。私がシャープペンシルを引っこ抜くと、彼の頭には粉々になった芯しか残っていなかった。頭のてっぺんから血がにじみ出すのが見えた。周りでは誰ひとり気づいていなかった。クラスメートたちはおしゃべりに夢中だった。やがてチャイムが鳴り、授業を再開するために先生が教室に戻ってきた。私は何事もなかったかのように彼の隣に再び座った。しかし、しばらくするとかすかな音が隣から聞こえてきた。横目でうかがうと、尿が細い筋のように椅子の足に沿って流れているのが見える。つんとする刺激臭が私の鼻まで迫ってきた。琥珀色の液休がちろちろと私の靴まで流れてくるに及んで、私は叫び声をあげて立ち上がった。先生が近づいてきて、少年を連れて教室から出ていった。数分後、先生はひとりで戻ってくると、尿の水たまりを雑巾で拭いた。そのあいだクラスメートたちはぷっと吹き出していた。少年は二度と小学校にやってこなかった。

＊

今夜、メトロの終電で、ある男が私の向かいの席に座った。他の乗客たちとは異なり、私の匂いが気にならないらしい。彼は自分の隣にケーキが入った箱を置くと、すぐに頭をこっくりこっくりさせ始めた。こんなに早く眠りにつく人間はそれまで見たことがなかった。時折、車両が揺れ、頭が窓ガラスにぶつかるのだが、彼はお構いなしで眠り続けた。少し離れたところに酔った若者たちが座っていて、男の姿を見てバカにして笑っていたが、それでも彼の眠りが乱されることはなかった。まるで疲労に侵食されたあまり、全感覚が麻痺してしまっているようだった。いかにもオフィス勤めといった様子で、彼は暗い色のスーツを身につけていた。おそらく残業してきたのだろう。彼は一十分ほど居眠りすると、突然頭をもたげ、両目を大きく見開いた。列車はある駅に停車中で、発車ベルが鳴り始めると、彼はバネのように跳ね起き、ドアが閉まる直前にホームに飛び降りた。ケーキはそのまま私の目の前の座席に置きっぱなしだったが、男は振り返ることなくホームを遠ざかっていった。メトロが発車した。私はケーキをじっと見つめた。しばらくして列車を降りるときに、私は厚紙でできた取っ手をつかみ、ケーキを持ち去った。

寝床に帰る前に、工事現場によくあるような仮設トイレに用を足しに行く。たいてい南京錠がかけられているのだが、それでも利用できるものが常にいくつかはあるものである。最近よく利用するのは駅の脇にある個室で、駅が閉まってから拝借することにしている。オフィスビルの工事現場に備えつけられた個室である。いつもならすぐに入れるのだが、今夜に限ってドアが開かない。南京錠は見えなかったので、何か別のものがつっかえているのだろう。もう一度引いてみたが、やはりうまくいかない。何度か試してみてようやく誰かが中にいるのだろうと思い至った。ドアに耳をつけて聞き耳を立てる。時には液体のような音が、時にはより不透明で重みのある音が、内側から聞こえた。喘ぎ声やため息のようなものも聞こえる。こんな場所でこんな時間にかくも汚くて暗い個室を使うなんてどこの誰なんだろう。私はいぶかりながら待った。

数分後、ドアが開き、人が出てきた。それは私と同じようにどこにも行き場がない者だった。私は何も言わず、彼も何も言わなかった。言葉など交わさずとも即座にわかり合えるといった具合だった。しかし、私が個室を利用しようと近づくと、彼はためらいがちに何かをささやいた。わからないと合図をすると、彼は咳払いをして少しだけ声を張り上げ、悪いが、臭うかもしれないと言った。私は何も答えなかった。すっと個室に入り、後ろ手にドアを閉めた。もはや誰からも声をかけられないので、きちんと返事をする習慣を失ってしまったのだ。ケーキを足の間に置き、ズボンを下げると、「臭うかもしれない……」という言葉を小声で繰り返しながら便器にまたがった。先ほどの人物の匂いを嗅ぎ取ろうと鼻をくんくんさせてみたが、自分の悪臭がそれを打ち消してしまっていた。気を取り直して用を足した。ゆっくり、まるで人目を忍ぶかのように大便が暗闇に滑り落ちていった。

＊

私は放置されたある古い見張り塔の最上階をねぐらにしている。市街地の真ん中にあるのだが、誰もそこにのぼることはない。かつては周辺の建物を見下ろしていたのだろうが、今となってはガラスやコンクリートでできた高層ビルが周りに聳えていて、無用の長物と化している。照明もなければ、保護されてもいない。まるで街そのものがこの遺跡をもてあまし、どうしたらいいかわからず、できれば忘れてしまいたいようでもある。誰も私がここにいることは知らない。誰も私を見ることはできない。私は街の真ん中にいながら、すべてから遠く離れ、夜の闇にまぎれ込む。

塔のてっぺんまで階段でのぼると、私はケーキを隅のほうに置く。そこには私の大事な持ち物がある。敷布団代わりの厚手の段ボールやぼろぼろになった毛布、ふぞろいの大きな靴、大きなペットボトルがふたつ（ひとつは水が入っていて、もうひとつは小便をするのに使う）、スーパーマーケットのゴミ箱で見つけてきた賞味期限切れの缶詰、故障したアルコールストーブ、ガソリンを入れる容器ひとつにマッチ箱いくつか。早朝、出かける直前に、私はそれらをすべて大きな段ボールの下に集め、その上にゴミを積み上げておく。

塔の最上階から私は街を観察する。周辺のほとんどすべての建物に大型ビジョンが設置されていて、絶えずコマーシャルやニュースが流れている。それらが消えることは決してない。私の目は、今夜、砂浜に打ち上げられた一頭のマッコウクジラの映像に惹きつけられる。見たところ、クジラはまだ生きていて、群衆が周りを取り囲んでいる。あるビジョンから別のビジョンへ、マッコウクジラは隣接するビルの壁面に次々と伝播していく。

高層ビル群の足元には高速道路のように広い大通りがあって、車の波が赤信号で止まり、青に変わった瞬間に再び動き始める。歩道や横断歩道では、歩行者の波が同じルールに従っている。ところが、見張り塔の上から眺めていると、時折、車が停まったり、再び動き出す合図を出し、それらをコントロールしているのはこの私なのだという気持ちになる。

ある歩道に老婆のシルエットが現れる。彼女はキャリーを引いて、段ボールの山と小瓶をたくさん詰め込んだビニール袋を運んでいる。その腕は骨と皮ばかりで、まるで力を使い果たしたように、よちよちと進んでいる。車や先を急ぐ歩行者と比べると、まったく動いていないように見える。

もう少し遠くには、通行人たちから離れてやたらと手足を動かしている男がいる。彼は車道の端に立って、数メートル離れたところを突進していく車に爆竹を投げつけている。爆竹が爆発するたびにかすかな点滅が起きるのだが、ここからだとほとんど見分けることもできない。不意に男が爆竹をひとつかみ空中に投げる。すると、その直後に機銃掃射のようなものが聞こえる。

いたるところに揺らめく光が、赤や白の光の点々となって見える。風のせいで、あちこちに立っているクレーンがほんの少し揺れる。あるクレーンの上から誰かが私のほうに向かって手を振っているのが見えた気がする。私は手を上げて返事をしたものか迷った挙句、結局は身動きせずにいる。ただの見間違いだろうと自分に言い聞かせ、目を背けるが、もう一度クレーンの上のほうを見ると、人間の形がなおそこにある。

車と歩行者の波、ゴミ処理場に持ち込んで換金しようと、キャリーに段ボールやくず鉄を山と積んで運ぶ老婆たち、点滅、あるいは幽霊たち。私が毎晩観察しているのはこういう類のものである。

しかし、今夜は人のシルエットや高層ビル、さらには空気までもがいつもと違ったふうに私の心を打つ。それにこのケーキがある。これは兆しだ。何事かを告げているのだ。

私は箱の前まで行ってしゃがみ込み、注意深く開ける。中には丸い大きなケーキが入っている。真っ白なアイシングがたっぷりかかっていて、その上に「お誕生日おめでとう」と書かれている。箱の奥には袋に入って蠟燭も何本かついている。私はそれらを数えながら、一本一本クリームに突き刺していく。一本、二本、三本、四本……。それから、マッチを探すが、マッチ箱はどれも空っぽである。仕方なく蠟燭には火を点けずにケーキを持ち上げると、私は思わずしわがれたこもった声で「ハッピーバースデートゥーユー」を歌い始める。きっと誰かがどこかでケーキのない誕生日を祝っているに違いない。かわいそうに。

指を使って大まかにひと切れとると、それを丸ごと口の中に押し込む。顎を動かさずとも、ケーキはひとりでに溶けていく。クリームが喉を滑り落ちていくのが感じられる。私はふた切れめを貪り食い、続いて三切れ、さらにもうひと切れと、箱の中が空っぽになるまで続ける。蠟燭は冷たい床に散らばっている。クリームだらけの手のひらとべとべとになった指を舐める。甘い味がする。腹が膨れると、床に寝転がり、目を閉じる。私はそのまままうとうとする。

夢を見る。私は六歳か七歳くらいだと思う。母の後について、両脇に私の背丈くらいのあまり高くない木が立ち並ぶ道路を歩いている。もっと速く歩きなさいと母が私を急かし、やがて私たちは極度に低く平たい屋根をした家の前に到着する。玄関は大きく開け放たれている。敷居をまたぐ瞬間、母は頭をぶつけないように身をかがめる。中に入ると、天井の低い主室に老婆がひとり床に座布団を敷き、背中をしゃんと伸ばして座っている。母と私は老婆の前に置かれた座布団に座る。挨拶もそこそこに母が訪問の目的を説明する。母は私が毎晩おねしょをするのだと告げる。老婆は母の話に耳を傾けながら、私をじっと見つめる。私は赤くなる。

母はやれることは全部やったと語る。医者にも連れて行ったし、児童精神科医にも診てもらった。だが、どちらも役には立たなかった。寝る前に何かを飲むことは禁じているし、夕食のときにもコップ一杯の水しか飲ませないのだが、何も変わらない。最初のうちは叱り、それから励ますようにしてみたが、効果はない。一度など、怒った母が私を裸同然で外に放り出したことがあったが、結局、パンツをおしっこで濡らしただけだった。

老婆は両の目で私をじっと見据える。私は居心地が悪かったがどうにもならず、まるで老婆の挑戦に応じるかのように、彼女をにらみ返すしかない。すると、老婆は用心深く上唇と下唇を離してささやく。「火を消すためだね……」。母がそれはどういう意味かと訊くと、老婆は私から目を離さずに付け加える。「この子は火を消すためにおしっこをするのさ。その火は外にある、街に」。

母はしばらく口をぽかんと開け、それから、どうすればいいのかと老婆に尋ねる。老婆は母に有無を言わさぬ調子で答える。「この子がやらなきゃだめだね。この子が自分で火を点けなきゃ」。

老婆に見つめられ、私の身体が大きく重くなる。子どもの身体から大人の身体に変わり、それでもまだ大きくなり続け、やがて天井が近づき、頭がぶつからないように身を縮めなければならない。身体が部屋いっぱいに広がり、今にも破裂するという瞬間に夢から覚め、私は飛び起きる。

＊

私の頭に身をもたせていた一羽の鳥が羽ばたきとともに飛び去っていく。私のねぐらは数羽の鳩に取り囲まれていた。丸々と太って攻撃的な鳩もいれば、おそるおそる片足を引きずる痩せさらばえた鳩もいる。鳩たちはケーキの残りくずを漁り、それから床に散らばっているいつからあるのかわからないゴミに飛びかかる。鳩たちが頭を縦に振りながら、用心深くある場所から別の場所へと動くのを観察し、試しにしばらく彼らの真似をしてみる。あまりに寒くて感覚がなくなってきている。私は両脚をさすり、それから立ち上がり、街の様子を眺めるために手すりに近づく。街にはまだ明かりが灯っている。

突然、私は塔の下の空き地を徘徊しているふたつのシルエットに気づく。それらは立ち止まり、それぞれタバコに火を点ける。タバコを吸うたびに、ふたつの小さな赤い点が現れてはすぐに消える。たちまち私もタバコを吸いたくなる。彼らが立ち去ったら、空き地に吸い殻を拾いに行こう。

妻は私がタバコを吸うのを嫌った。私がタバコに火を点けるたびに、彼女は眉をひそめ、健康に悪いわよと言った。私はそのたびに微笑みながら、でも、魂にはいいんだよと答えたものだ。彼女が私のことを気にかけてくれるのがうれしかった。彼女が私のもとを去った今思うのは、はたしてこの私に魂があるのかということだ。かつて一度でも魂を持っていたことがあるのか、いつか魂を持つことがあるのか。

ふたつのシルエットが立ち去ると、私は大急ぎで塔の階段を降り、彼らがタバコを吸っていた場所に向かう。今夜はつくづく運がいい。吸い殻のひとつはまだ火が消えていない。私は細心の注意を払ってそれを拾い、唇に運ぶと、そっと吸ってみる。地面に落ちていた他の吸い殻をいくつもポケットに詰めると、私は再び塔をのぼっていく。

＊

再び彼を見かけた。頭にシャープペンシルを突き刺したあの少年だ。メトロの中でのことだった。シートに腰かけ、ホームの向かい側で反対方向に出発しようとしていた列車を眺めているときに、彼を見かけたのだ。なぜかはわからないが、あれは絶対に彼だと思った。彼は立ったまま誰かに話しかけているようだった。私はすぐに立ち上がり、列車の外に出ようとしたが、まさにその瞬間にドアが閉まってしまい、ドアを開けることができなかった。進行方向の反対側を向き、窓を叩いたが、彼には聞こえなかった。彼が私に背を向けると、髪の間に、頭のてっぺんに穴が見える気がした。それからすぐ列車は出発した。周りを見ると、乗客たちが不安そうな様子で私を見つめていた。

私が動かなくてもメトロは進む。私がいなくても街はきらめき続ける。

私は両の拳をぎゅっと握る。

遠くに見える並木道を巨大な荷台を引いたトラックが走っている。トラックに道を譲ろうと、他の車が両脇に避ける。トラックが近づくにつれ、私は荷台に載っている黒いつやつやした塊に気づく。どうやらロープで縛りつけられているらしい。ようやくそれがビジョンで見たマッコウクジラだとわかる。クジラはぴくりとも動かない。車のヘッドライトや街灯、ビジョンのまたたきのような光がクジラの皮膚に反射し、小さな虹ができている。数分後、トラックがトンネルに入ると、クジラも一緒に消えてしまう。

＊

吸い殻はもうひとつしか残っていない。魂にいい吸い殻がひとつ。ちびたタバコをたくさん吸ったせいか、吐き気がするし、舌がざらざらしてむずがゆいが、それでも私は最後の吸い殻を味わうことにする。まもなくスペクタクルが始まる。車の中で、歩道で、近隣の高層ビルのいたるところで、人々は立ち止まり、そのスペクタクルを堪能することだろう。彼らはそれに釘づけになることだろう。

私はガソリンの容器を開け、周囲に散らばったゴミの山に振りかける。鳩たちは私が近づくと移動するが、飛び去りはしない。液体がかかると、ケーキの空箱も床に散らばった蠟燭も段ボールも靴も、私の荷物がすべてきらきらと輝く。漂う匂いが私の鼻を心地よくくすぐる。

容器が空になると、私は街をもう一度眺める。その明かりと幽霊たちを。文明化した被造物と野蛮な被造物を。私はタバコの残りを一気に吸い込み、それから吸い殻を床に投げ捨てる。たちまち火が広がる。夜がぱっと照らされる。このまばゆい光を最後に、もう二度と日が昇ることはないとでもいうかのように。

作者あとがき

この本がフランスで出版された日、私は飛行機でソウルを飛び立ち、ワルシャワ経由でパリに向かっていた。その日、私は三つの都市に足を踏み入れ、上空ではいくつもの国境を越えた。その便を予約したのは、本の出版日が決まるずっと前のことだった。もちろんチケット代が安かったからに他ならない。しかし、今になって考えると、本の刊行日にあんなにも多くの国境を越えられたことがうれしい。なぜなら私が書いたこれらの短編は、ありとあらゆる旅について語ったものだからだ。

この作品集の登場人物は誰もがみな移動している。ある街から別の街に向かう者もいれば、ある国から別の国に向かう者も、あるいはただ川を渡り、向こう側に行くだけの者もいる。彼らは現実の世界と夢や幻想の世界を、生と死の間を行き来する。そもそもこれらの短編は、作者の私が二つの言語の間を絶えず往復することで生まれたのだ。

私はこれらの物語を母国語の韓国語ではなく、ずいぶん年を取ってから習得したフランス語で執筆した。本が出版された後、どうして母国語ではない言葉で執筆したのかと、人からよく訊かれたものだ。この質問にはいまだにうまく答えることができずにいる。母国語で執筆する作家たちは私のように弁明する必要はない。母国語で執筆することがごく当たり前で、自然だと考えられていることは言を俟たない。だが、私の場合はそうではないのだ。

私に限っては、慣れ親しんだ母国語は執筆するのに十分な条件ではなく、むしろ障害である。ある意味、この韓国語という言語のせいで、私の想像力は阻害され、息が詰まってしまう。外国語で執筆することでようやく、私は物語を個人的な体験から切り離して構築することができる。

とはいえ、フランス語を意のままに扱えるわけではまったくない。いまだに私はこの言語をうまく操ることができず、効果的に使うなんてもっての他である。たいてい途方に暮れているし、ある単語やフレーズを使うのが良い選択なのか確信が持てず、まごまごしてしまう。ある慣用表現がどうしても思い出せないこともあるし、文法の間違いを犯すことだってもちろんある。しかし、こんなふうに自分が知らないことを理解し、手探りをすることで、韓国語で執筆していたらとうてい辿り着けなかったであろう場所に至ることができる。私にとって未知の馴染みのない場所まで。この本は、その彷徨の果実である。

フランスでの滞在も七年目になり、フランス語の語彙や慣用表現もだいぶ板についてきた。いつか私のフランス語も韓国語と同じような状況に陥り、さらに別の言語へと逃れなければならない日がやって来たりするのだろうか……。

この翻訳書のおかげで、これらの短編は日本へと旅し、日本の読者の皆さんと巡り合うことができる。そのことをうれしく思う。もっとも、この本が日本で出版されるのは、ちょっぴり変な感じもする。なぜならこの本はまだ私の母国の韓国で出版されていないのだ。しばらく前まで、私は自分でこの本を韓国語に翻訳しようと考えていた。ちょうど多和田葉子さんがドイツ語で書かれたご本のいくつかを、ご自身で日本語に訳されているように。だが、結局、今はこの本が私の母国語に存在していないことが気に入っている。こんなにも「韓国的」な登場人物や場所が韓国の外で、韓国語以外の言語の中に命を宿していることが面白い。まるで私の小説の登場人物たちが本からはみ出し、彼らには馴染みのない場所を動き回っているみたいだ。

本の刊行日に話を戻そう。ソウルからの長い旅を終えてようやくパリに着いたとき、夜はすっかり更けていた。出版されたばかりの本をこの目で見ることができなかった私は、ひと気のない、真っ暗な書店の陳列台に、あるいは書棚に私の本が並べられている光景を想像してみた。私は書店の中にいる。本は陳列台か書棚に並べられている。やがて私は真新しい自分の本の中に閉じ込められ、登場人物たち同様に迷子になってしまったような気持ちになるのだった。

訳者あとがき

本書は今年二〇二〇年一月にフランスで出版されたグカ・ハンの小説『砂漠が街に入りこんだ日』（Guka Han, *Le jour où le desert est entré dans la ville*, Editions Verdier, 2020）の全訳である。

作者のグカ・ハンは本作でデビューしたばかりの新人。本書がフランス語以外の言語に翻訳されるのはこの日本語版が初めてである。とはいえ、本書は単なる新人作家のデビュー作とは一味違う。これはあまたあるであろう新人のデビュー作の中でもひときわ異彩を放つ作品である。なにしろ、韓国出身の女性作家グカ・ハンが、外国語として後天的に身につけたフランス語で執筆したデビュー作なのだ。

グカ・ハンは一九八七年韓国生まれ。ソウルで造形芸術を学んだあと、二〇一四年に二十六歳で渡仏し、パリ第八大学の修士課程で文芸創作を学んだ。本書の執筆は同大学在学中になされたのだという。それにしても、滞仏わずか六年ほどでフランス語の小説を発表してしまったのだからすさまじい。フランス語を学び始めてはや二十年の訳者としては、ただただ脱帽するしかない。なお、グカ・ハンはフランス語の小説を韓国語に翻訳する翻訳家の顔も持ち合わせている。

　原書の版元エディション・ヴェルディエは、小規模ながら質の高いフランス文学や外国文学のフランス語訳を刊行する出版社として知られている。外国文学ではとりわけドイツとイタリアの作品に力を入れている印象だが、日本文学も日記文学や俳句といった古典、そして多和田葉子の作品を出版している。母国語と外国語の間に立ち独創的な仕事を続ける多和田葉子はグカ・ハンが敬愛してやまない作家だが、本書がその多和田作品と同じ出版社から刊行されているのは極めて妥当なことだろう。

『砂漠が街に入りこんだ日』は、刊行されるや、さまざまな書評で取り上げられ（中には本書を「新年の文学的大事件」と評するものまである）、フランスのウェブカルチャー誌『ディアクリティーク』に作者インタビューが掲載されたり[*1]、作者がラジオ番組に出演するなど[*2]、静かな話題を呼んでいる。

　既に本編を読んだ方には改めて説明するまでもないが、『砂漠が街に入りこんだ日』は八つの物語から成る作品である。

　一外国人が読む限りでは、原書のフランス語にはたどたどしさや読みにくさはなく、むしろ変な飾りけのない文体で、読みやすい。飾りけがないだけに、時に少々素っ気ない、ドライなよそよそしい印象があるが、それが作品の世界観と見事に調和している。母国語との違いを自覚しながら執筆しているはずだが、その過程が非常に気になる。

グカ・ハンは先述の『ディアクリティーク』のインタビューの中で、彼女にとって韓国語は歴史や個人的な過去、込み入った感情と密接に結びついているため、あまりに重く感じられ、うまく操ることができないという趣旨の発言をしている。それに対し、後天的に身につけたフランス語は人工的で、その人工性ゆえにさまざまなしがらみから自由になることができるのだという。フランス語は彼女にとって中立的な場で、それが書くことの原動力になっている。また、ラジオ番組の発言を聞くと、彼女は韓国語で書こうとするとき、目の前にあまりに広大な可能性が広がっていて、まるで迷子になってしまったかのような感覚に陥るのだそうだ。その広大さがかえって彼女の自由を奪い、彼女を委縮させる。一方、フランス語で書くことは、その制約ゆえに創作意欲を後押ししてくれるのだという。

八つの物語は一篇を除いてすべて、「私」による一人称の語りになっている。最初の物語を読み終え、二つめを読み始めると、読者はごく自然にこの「私」という語り手は同じ人物なのだろうと思い込む。ところが、読み進めていくうちに最初の物語と二つめの物語では、「私」が置かれているシチュエーションがあまりに異なることが判明し、本当に同じ人物なのだろうかと不安になる。さらに三つめ、四つめと読み進めるに及んで、不意に「私」ではない「あなた」が登場し、どうやら「私」の年齢や性別は作品によってまちまちであることが明らかになっていく。

　それではこの作品は、物語によって舞台も時代も登場人物も異なる短編を収めた小説集なのかというと、そうとも言い切れない。最初の物語「ルオエス」は同名の都市で展開するのだが、それを除くと、本書には物語の舞台や登場人物の詳細を明かすいかなる固有名詞も登場しない。したがって、最初の物語以外はそれがどこで起きた出来事なのかわからない。ところが、最初の物語に登場した風景やシチュエーション、モチーフが次の物語に引き継がれ、しばらくするとまた別の作品で改めて顔を出す（ここでは掘り下げないが、砂漠はもちろん、水、雪、汗など印象的なモチーフが何度も登場する）。そのため、それぞれの物語は独立しながらも、ゆるやかにつながっている印象を覚える（とりわけ最初の「ルオエス」と最後の「放火狂」ははっきりと呼応している）。やがて、これらの物語はどれも、少なくとも部分的にはルオエスを舞台にしているのではないかという気がしてくるのだ。

　ことによると、本書は、複数の語り手ではなく、ひとりの語り手がその都度年齢や性別を変えながら語る長編と考えることすらできるのかもしれない。属性が異なる同一の人物というのも妙な話だが、例えば夢の中で別人になることは珍しいことではないし（実際、本書には夢のシーンが多く描かれている）、多重人格者やある集団の集合的な人格のようなものを想定してみてもいいのかもしれない。既に触れたようにこの作品集には一篇だけ「あなた」を主語にした二人称の物語があるのだが、どうして他の物語は一貫して一人称なのに、この物語だけ二人称なのかということを考えてみるのも面白いのではないかと思う。

ちなみにフランス語には、一人称代名詞が「je（ジュ）」しかない。主格、所有格、目的格と語形が変化することはあっても、日本語のように発話主体の性別や社会的地位に応じて、「私」、「僕」、「俺」、「うち」などと多種多様な代名詞が使われることはない。女性も男性も、子どもも大人も、誰もが「je」で語る。この言語的な特徴は、本書の語り手の曖昧性を際立たせている。フランス語を日本語に翻訳する場合、登場人物の性格に応じて一人称代名詞をさまざまに使い分けるのが通例だが、この原書の曖昧性を活かすために、本書では語り手の属性の違いにかかわらず、一人称代名詞は敢えて「私」で統一することにした。

本書の舞台と言っても過言ではない「ルオエス（LUOES）」は、実は韓国の首都「ソウル（SEOUL）」の逆さ言葉だと、作者本人が上述のインタビューの中で明かしている。彼女は渡仏する以前、数年間ソウルで暮らしていたのだという。

わざわざ逆さ言葉にしていることからもわかる通り、ルオエスはソウルそのものではない。しかし、両者の間にはっきりとしたつながりが感じられるのも事実である。『ディアクリティーク』のインタビューによれば、そこに住む人々は「並行世界のソウル市民」なのだそうだ。「ルオエス」を一読すれば、その「並行世界のソウル」がポジティブな意味を帯びていないことは一目瞭然である。

ラジオ番組の中で、どうして韓国を去りフランスに来たのかと訊ねられた作者は、韓国での暮らしに満足できなかったと告白している。個人的にも人生の見通しがつかなかったし、政治状況も壊滅的だと感じられた（ちなみに本書に収録された「作者あとがき」で、彼女はどうして母国語ではなくフランス語で執筆するのかという問いに「いまだにうまく答えることができずにいる」と述べている）。彼女によれば、韓国とはとにかく騒々しい国で、そのことが本書六作目の「聴覚」という物語の執筆につながった。『ディアクリティーク』のインタビューの中で、グカ・ハンは母国についてもう少し突っ込んだ言及をしている。興味深いことに、彼女が描いてみせる韓国の肖像は、多かれ少なかれ私たちが住む日本にも似ている。本書が私たちの胸に迫るのだとすれば、それは本書が以下のような認識に基づいて執筆されていて、私たちにも思い当たる節があるからだろう。

私はよく韓国とは島だと言っています。もちろん地理的にはそうではありません。北朝鮮と国境を接していますから。ですが、北朝鮮への移動が禁じられている以上、韓国は完全に孤立していて、島のようだと言えます。であれば、韓国人は島民です。こうした状況下では、人は他者に対して特別な見方を持つことになります。海の向こうや国境の向こうの世界がはるか遠くに、抽象的に、蜃気楼のように見えるんです。韓国人同士でも、どこかそのようなことが起きます。今日の韓国では、ある意味、「私」だけがリアルなんです。もはや信頼に足る「私たち」はありません。誰もが孤立し、離れ離れになった「島民」です。一方、他者とは遠くにいる亡霊めいた存在なのです。

ここで語られている唯一リアルな「私」の問題意識が、上で述べた本書の「私」という語り手の存在と密接に関わっていることは疑いようがない。

なお、韓国の痕跡は「ルオエス」や「聴覚」のみならず、本書のあちこちにちりばめられている。三作目の「真珠」は二〇一四年四月に起きたセウォル号沈没事故を想起させるし、ラジオ番組の中で明かされていることだが、最後に収められた「放火狂」は二〇〇八年二月に起きた崇礼門放火事件が着想源になっている。

終末的な雰囲気を漂わせる、物憂げで時に殺伐としたこれらの物語の中で、主人公である「私」や「あなた」は、社会の周縁に位置する力なき者として描かれている。アルバイトを辞めたばかりの女性、アルバイトをしながら異国で暮し友人の訃報に接する女性、娘を亡くしたと思しい母親、家出をする小学生の少年、公共建築物をねぐらとする浮浪者……。彼ら彼女らはちっぽけな個人では太刀打ちできない大きな力に直面し、しばしばそれに押しつぶされてしまっているように見える。

だが、グカ・ハンによれば、必ずしもそういうことではない。登場人物たちは、しばしば世界から身を閉ざし、縮こまっているだけのように見えるが、それは理不尽な世界に対する反抗のひとつのあり方である。最初の物語「ルオエス」においては、アルバイトを辞め、砂漠を探しに出かけた挙句、非人間的な都市で途方に暮れてしまう語り手の反抗は、最後の物語「放火狂」では、人間社会の周縁で自身の怪物性を引き受け、決定的な一歩を踏み出すまでに至る。それは決して社会的に評価されるような立派な反抗ではないかもしれない。それでも反抗であることに変わりはない。

私の主人公たちは子どもたちのように頑固で強情で、彼らの問いに答えてくれない世界に腹を立てています。彼らは自分なりの答えを出そうとしますが、それはしばしば不器用で奇妙なものです。私の目には、その頑固さと怒りは、あまりに速く進んでしまう世界の歩みを緩めるあらゆる種類の可能性に開かれているものなのです。

そもそも韓国を飛び出し、外国語であるフランス語で始めたグカ・ハンの創作活動が、こうした反抗に他ならないのだろう。ラジオから聞こえる彼女のフランス語は、彼女が描く登場人物たちを思わせるどこか頼りない、だが、それでいて芯の強さを感じさせるものである。

最後に『ディアクリティーク』のインタビューの中で、か弱き語り手たちの声について彼女が語っている箇所を紹介するとしよう。それは『砂漠が街に入りこんだ日』という作品の特徴を見事に要約する一方で、グカ・ハンという作家が書く理由を見事に説明しているように思える。

私の語り手たちが表明する苦悩はまず、彼らが威嚇的な世界の中で奮闘しているにもかかわらず、その世界は彼らにいかなる手がかりも与えてくれないという事実に由来しています。その世界には彼らのための居場所はないのです。あらゆることがあまりに速く過ぎ去ってしまいます。あらゆることが騒々しい。彼らはそうした事態に自分を合わせることを拒み、距離を取ろうと試み、自分の殻に閉じこもり、周囲と衝突します。苦悩というよりは、おそらくはその拒絶、その怒りゆえに彼らは言葉を手に入れようとするのです。

本書の翻訳に当たって、リトルモアの編集者、當眞文さんにたいへんお世話になった。このグカ・ハンの『砂漠が街に入りこんだ日』という小説の存在を教えてくれ、訳者に翻訳の機会を与えてくれたのは他ならぬ當眞さんである。ここ数年の韓国文学の盛り上がりは周知の通りだが、韓国文学とフランス文学の交わるところに、このように独創的な新しい作家が登場したことをぜひこの機会に知っていただけたらと思う。

＊1　Diacritik 二〇二〇年一月七日掲載
https://diacritik.com/2020/01/07/guka-han-la-langue-francaise-est-un-territoire-neutre-dans-lequel-je-peux-evoluer-sans-les-contraintes-du-coreen-le-jour-ou-le-desert-est-entre-dans-la-ville/（二〇二〇年七月十日時点）

＊2　《En sol majeur》，RFI 二〇二〇年三月十二日放送
http://www.rfi.fr/fr/podcasts/20200314-guka-han（二〇二〇年七月十日時点）

グカ・ハン　Guka Han

1987年韓国生まれ。ソウルで造形芸術を学んだ後、2014年、26歳でパリへ移住。パリ第8大学で文芸創作の修士号を取得。現在は、フランス語で小説を執筆している。翻訳家として、フランス文学作品の韓国語への翻訳も手掛ける。

原　正人　Masato Hara

1974年静岡県生まれ。訳書にフレデリック・ペータース『青い薬』（青土社）、トニー・ヴァレント『ラディアン』（飛鳥新社）、ジャン・レニョ&エミール・ブラヴォ『ぼくのママはアメリカにいるんだ』（本の雑誌社）、バスティアン・ヴィヴェス『年上のひと』（リイド社）、アンヌ・ヴィアゼムスキー『彼女のひたむきな12カ月』、『それからの彼女』（いずれもDU BOOKS）などがある。

砂漠が街に入りこんだ日

2020年8月8日　初版第1刷発行

著者　グカ・ハン
訳者　原正人
カバー作品　Raphaël Vicenzi
装幀　川名潤
接頭辞　Jowall "온도시가불타는꿈 city burns"
発行者　孫家邦
発行所　株式会社リトルモア
〒151-0051
東京都渋谷区千駄ヶ谷3-56-6
Tel. 03-3401-1042　Fax. 03-3401-1052
www. littlemore.co.jp
印刷・製本所　中央精版印刷株式会社

ISBN 978-4-89815-525-7 C0097

Le jour où le désert
est entré dans la ville
by Guka Han

Translated by Masato Hara
First published 2020 in Japan by Little More Co., Ltd.